Esperándote

Linda Maldonado

Publicado por
Linda Maldonado
Las Vegas, NV

ISBN
978-0-6151-5493-0

Dedicatoria:

Gracias Dios Bendito, por dejarme caminar a tu lado todos los días de mí vida y dejar que este mi sueño se haga realidad.

A Mis hijos: Aseneth, Jorge, Pamela y Héctor
Con todo mi amor les dedico este mi primer libro los Amo.

A mis bebes: Jorgito,Tamara, Santiago,Celine y Camy
Los Adoro

A ti mi amor: Danilo Arcos gracias por tu confianza en mi proyecto y tus buenos deseos, Te Amo.

A mis Amigos Evelén y John por su amistad
Sus consejos y su cariño.

A Susy y fam. Por sus lindos detalles.

Y a todas esas personas lindas que he conocido en el transcurso de mi vida, quiero decirles que luchen por sus sueños, que nunca dejen de subir a la montaña de la vida porque allá arriba detrás del Arco iris están los sueños y todas las cosas bellas que queremos realizar, suban yo les brindo mi mano porque:

¡¡¡SI SE PUEDE!!!

Linda Maldonado
2007

¡¡¡Esperándote!!!

La casa de Marissa:
Es cómoda, acogedora y decorada con muy buen gusto, con colores perfectamente combinados, todo va acorde con su personalidad elegante y moderna, la casa cuenta con una vista al mar maravillosa.

Son las 6:00 a.m. y suena el despertador de Marissa, quien toda adormilada, lo apaga de mala gana, intentando dormir un poco más.

Pasados unos minutos despierta sobresaltada pensando que ya se hizo tarde, corre al baño y toma una ducha para ir a trabajar.

Más tarde, en la cocina tomando su desayuno
Suena el teléfono y se apresura a contestar, pensando que es Richard su prometido quien suele llamarla para darle los buenos días.

Pero es su padre quien le llama.
Buenos días princesa, ¿cómo estas amor?

Bien papi, ¿tú?

Bien también corazón, te llame, para recordarte que tenemos una cita hoy al medio día.

Marissa: con cara de fastidio le contesta:

Siií papá, no le he olvidado, no te preocupes ahí estaré, ¿no me puedes adelantar de que se trata?

No, lo siento amor, pero no es un asunto que se pueda tratar por teléfono, tenemos que hablarlo personalmente.

Marissa, se encoge de hombros diciendole, ok papi, aunque me tienes en ascuas, sabré esperar.

Gracias cariño, cuídate y te veo más tarde.

Esta bien papi, chao te veo en tu oficina.

Al colgar Marissa marca el número telefónico de Richard su prometido, con quien se casará en un mes.

¿Bueno?__responde Richard al otro lado del teléfono.

Hola mi amor, ¿como estás? buenos días

¡Hola marissa!, bien y ¿tú?

Bien también amor, te llame para recordarte que tienes que pasar por las invitaciones, además debes pasar a la prueba de tu traje.

Del otro lado de la línea Richard, tiene las mismas actitudes de fastidio que Marissa demostrara al Hablar con su padre.

Sí amor ya lo sé, no, no lo olvido, te llamo más tarde ¿ok?, bye
ok amor te veo en la tarde, un beso bye

Bye Marissa.

Ya en su oficina, Marissa organiza todo su trabajo, pues tiene la reunión con su padre y no quiere dejar pendientes ya que es sumamente responsable.

Marissa le cuenta a su amiga Molly que su padre quiere verla en su oficina

Molly se sorprende pues el papá de Marissa nunca hace eso siempre esta muy ocupado con sus múltiples negocios y eventos sociales.

Y ¿no te dijo para que te quiere ver?

No Molly, si lo supiera, no estaría tan intrigada como tú, ¡jajaja! rieron las amigas.

pues esto de que el papá de Marissa quisiera hablar con ella a solas y en su oficina si que era todo un misterio.

¿Es que sabes Marissa? se me hace hasta raro que te lo recuerde, ha de ser algo muyy, importante.

No lo se Molly, lo que si te digo es que me muero de la curiosidad, ¡jajaja!, he pensado que tal vez sea para darme mi regalo de bodas.

Puede ser Marissa, y por eso quiere que sea en persona, para ver tu cara de sorpresa o de desilusión, ¡jajája!
¡Tarannn!, ¿qué será? ¡jajaja! debo reconocer que me mata la curiosidad.

Bueno Molly ya me voy.

Ok Marissa, pues solo me queda desearte mucha suerte.

Gracias Molly te llamo más tarde para decirte que era eso taaann importante.

Más tarde, Marissa llega a la oficina de su padre y se sorprende al ver ahí a Richard, quien un poco molesto y un tanto sorprendido le pregunta a Marissa ¿que hace ella ahí?

Mi padre me cito para hablar de algo importante, pero, mejor dime, ¿que haces tú aquí?

Richard se encoge de hombros demostrando asombro, tu padre me cito aquí, me dijo que era muy importante que no faltara.

¿Sabes Richard? Tal vez quiere darnos nuestro regalo de bodas y por eso nos cito a los dos, después de pensarlo unos instantes le dice a Richard si, si pensándolo bien ha de ser eso, no creo que tengamos nada de que preocuparnos amor.

Si tú lo dices, así a de ser Marissa.

La secretaria los interrumpe para decirles que ya pueden pasar.

La oficina es muy elegante amplia y con toda la

tecnología de moda y una vista espectacular.

Al entrar, están ahí el padre de Marissa, quien no ve con buenos ojos la relación de su hija, con Richard, ya que sabe que este solo desea la fortuna que esta heredara en unos años más.

John padre de Marissa se encuentra en compañía de un señor desconocido para Marissa y su prometido.

Marissa saluda a su padre cariñosamente.
Entre sorprendida y emocionada, hace una seña a su padre para saber, que pasa.

El solo la invita a tomar asiento, lo hace pero ahora se ve reflejado en su rostro algo de preocupación, pues nota a su padre serio, y eso, es raro en el.

Ya estando todos los interesados en la reunión, el padre de Marissa toma la palabra.

Antes que nada, quiero presentarles al señor Williams

Mucho gusto, dicen a la vez los presentes.

El señor Williams es el investigador privado más prestigiado de Miami.

Marissa y Richard se voltean a ver luego ven al padre de esta, muy sorprendidos.

Marissa le dice a su padre, no entiendo

¿que hace aquí un detective y que tiene que ver en todo esto? ¿me lo puedes explicar papá?

John en tono serio le responde, ya entenderás.

El detective, confirma asentando con la cabeza y sintiendo cierta pena por Marissa, pues percibe la dulzura de la chica.

Bueno hija, el asunto es, que tú, no te puedes casar con este individuo, lo dice a la vez que señala a Richard, los dos se miran extrañados.

Ahora entiendo menos papá.

Déjame explicarte y veras el porque te lo digo

Richard interrumpe molesto, usted no puede decir eso ¿que motivos tiene?

Muchos, uno de ellos son estas fotos, mismas que le muestra a Marissa donde Richard está besandose con otro hombre.

Marissa, las revisa una a una y no puede creer lo que esta viendo.

El padre de Marissa esta furioso pero al mismo tiempo, hubiera dado lo que fuera por que su hija no pasara este mal momento.

Richard, al ver las fotos, solo esboza una cínica sonrisa.

Además de ser gay, es un tramposo que planeaba solo vivir de tu dinero con Mike su noviecito, agrega el padre de Marissa.

 Así que jovencito, dice refiriéndose a Richard, esta usted descubierto, y no lo quiero volver a ver cerca de mi hija.

El detective voltea compasivo hacia Marissa, para entregarle más pruebas de lo dicho por su padre.

¡Sorprendida y a punto del llanto! lee los documentos, Incrédula aun, defiende a Richard diciendo a su padre.

No tienes derecho a entrometerte así en mi vida y Destruir mi felicidad con estas cosas, que pueden no ser ciertas.

El detective, solo atina a decir, todo, esta legalmente comprobado, señorita Dowson.

Marissa, con todo lo que esta sintiendo en esos momentos, que no sabe si es tristeza, enojo o desilusión, no escucha y reprocha a su padre por su proceder.

¿Porque?¿porque no me informáste lo que intentabas hacer? ¿Acaso, yo no cuento?

Pero hija, entiéndeme.

No, papá, no entiendo nada, y esto, no lo puedo creer, no de ti, no lo puedo permitir.

Marissa voltea hacia Richard, que tiene una mirada cínica y desinteresada ante el hecho de haber sido descubierto, pues sabe que ya nada puede hacer ante las evidencias.

¡Defiéndete, por favor! has algo, lo sacude impotente por la situación para que, reaccione, diles que no es verdad, que son inventos, has algo por favor, no te quedes callado.

Richard voltea hacia Marissa y le dice en tono cínico, lamento no poder complacerte, y que te hubieras enterado ahora, de cualquier modo, algún día lo ibas a descubrir, la verdad ya me había cansado de fingir lo que no siento.

Eres, una buena chica pero... no eres mi tipo, es mejor así, esta farsa ya me estaba aburriendo.

El padre de Marissa, no puede contener su ira y le da un golpe en la cara al tiempo que le grita:
Lárgate ahora mismo de aquí, maldito maricón.

Richard no se defiende pues es un cobarde, limpiandose la sangre que le sale de la boca provocada por el golpe, y sin quitarle la mirada al padre de Marissa dice: Ya basta, ya me voy.
Marissa, lo ve a los ojos y le pregunta:

¿porque Richard? ¿Que te hice yo?

Richard, solo se encoge de hombros y se dirige a la puerta de salida.

Furiosa e impotente, le grita, no seas poco hombre.

Richard solo dice, bye muñeca, suerte para la próxima.

Marissa llena de rabia le grita.
¿Eso es todo lo que tienes que decir? no seas cobarde, gay de la calle 8.

El detective, solo esboza una divertida sonrisa pues nota claramente la inocencia de Marissa y siente pena por lo sucedido.

Mr. Williams se dirige al padre de Marissa, para decirle, bien, Señor Dawson, yo me retiro.

John le extiende la mano y lo acompaña a la puerta, agradeciéndole sus servicios.

El detective voltea a ver a Marissa y realmente siente pena por ella, cuídese señorita Dawson, y créame que esta es una de las cosas que no me gustan de mi trabajo, lamento haberla conocido en estas circunstancias, suerte.

Marissa solo se despide con un moviendo de cabeza.

Al quedar a solas con su padre le reprocha que no la

haya preparado antes.

John le dice que todo lo hizo por su felicidad.

Ella le recrimina su ausencia y falta de atención durante su niñez y adolescencia.

Si eso es lo que te preocupa, ¿porque no te ocupaste de pasar más tiempo a mi lado, acaso ya te diste cuenta que ya crecí?, ¿que soy una mujer que toma sus propias decisiones, que me mude a la casa del al lado, hace más de un mes?

No papá, tú y mamá viven en su mundo.

John, se siente mal y le duelen las palabras de Marissa pero sabe que tiene la razón, la abraza diciéndole que, aunque no lo parezca ella es el todo de su vida, y que algún día va a entender lo importante que es para ellos.

Tal vez ahora no me entiendas hija, pero con el tiempo comprenderás, todo el amor que te tengo y que eres lo más importante en mi vida, tengo una idea, te invito a pasar juntos el resto del día, tenemos mucho de que hablar.

Marissa, furiosa rechaza la invitación, aún no puede creer que su padre le hubiese causado ese dolor, además no quiere llorar frente a el.

Te equivocas papá tú y yo no tenemos nada de que hablar, cuídate, y disfruta tu triunfo.

Marissa, me preocupa que estés sola, se como te sientes y créeme, yo no me siento mejor que tú.

No te preocupes, voy a estar bien.

Marissa, sale de la oficina de su padre, dejándolo muy triste, pues sabe el dolor tan grande que siente su hija y lamenta haber sido el, quien se lo causara.

En su auto, explota en llanto como una niña.

Realmente amaba a Richard, y se siente muy herida, se desahoga llorando y golpeando el volante de su auto, tratando de desquitar su impotenciay su coraje.

Después de unos minutos, un poco más tranquila, llama por teléfono a su amiga y confidente, para citarla en su casa.

Molly percibe que Marissa no esta bien.
¿Te encuentras bien? te escucho muy angustiada.

Marissa solo le pide que no tarde, que la espera en su casa, al colgar el teléfono se suelta a llorar otra vez.

Camino a su casa, va recordando cuando y como conoció a Richard.

En una de las tantas reuniones que sus padres organizaban y a las que ella, asistía con poca frecuencia, ese día por cosas del destino había estado presente.

Y ahí, conoció al guapo y apuesto Richard, uno de los

solteros más codiciados de Miami quien no tenia mucho de haber llegado a vivir ahí, cuando Marissa lo conoció, recuerda que le llamo la atención la forma tan original de abordarla cuando le dijo:

Eres muy linda, seguro estoy que nuestros hijos serán muy guapos, bueno, eso si aceptas casarte conmigo.

Ella se hecho a reír dulcemente y le dijo, ¿no crees que vas demasiado aprisa? ni siquiera nos conocemos agrego divertida, ni sabemos nuestros respectivos nombres y ya me estas proponiendo matrimonio.

Richard le respondió, no necesito saber tu nombre para saber que quiero casarme contigo, desde que te vi entrar, me impresionaste con tu mágica belleza y esa sonrisa tan hermosa, te lo digo de verdad, si nuestros nombres son el problema.

Hola, mi nombre es Richard, ¿y el tuyo?¿será bella?

Ella con una sonrisa dulce y discreta le dijo: soy Marissa, ¿Pero tú estas loco?

Richard le sonrió de igual manera diciéndole, si, pero por ti, ¿me puedes decir, que hace una chica tan linda como tú, en una reunión tan aburrida como esta?

Pues...Esta es mi casa y los anfitriones de tan aburrida reunión son mis padres, ¡jajaja!

Ahora, me puedes decir, ¿tú como llegaste aquí?

Richard suelta una carcajada, al tiempo que le dice: así que ¿tú? ¡jajaja!, presiento que acabo de hacer el ridículo de mi vida, ¿verdad?

¡jajaja! Marissa se adelanta a decir, no hay problema en ese sentido opino lo mismo que tú, por eso casi nunca asisto, hoy fue algo especial.

¿Así que tú eres la hija del famoso empresario Sr. Dawson? ¡jajaja!

Se soltaron a reír y ella le dijo, así es, pero, no has contestado a mi pregunta.

Pues, soy amigo Mike un proveedor de las empresas de tu padre, el me invito a venir, la verdad, pensé que iba a ser muy aburrido pero, al encontrarte a ti cambie de opinión, ahora pienso, que es la reunión más interesante de mi vida.

Marissa le sonrió dulcemente y platicaron toda la noche, desde ese día salieron juntos casi todos los días, pasearon y compartieron muchas cosas hasta que se enamoraron, comprometiendose más adelante, eso sucedió un año atrás.

Marissa sigue recordando momentos especiales, pero también recuerda que Mike casi siempre estaba con ellos, así que ahora comprende, que siempre la engaño, Mike no era amigo de Richard.

Era su pareja, se enoja consigo misma por haber sido tan tonta de no darse cuenta antes, aunque reconoce estar dolida con su padre.

En esos momentos se siente tan mal que culpa a todos de lo que le pasa.

Al llegar a su casa corre a encerrarse en su recamara, uno de sus lugares preferidos pues es acogedora, todo de exquisito gusto, tiene una cama grande con un edredón de seda en color crema con tonos verde y rosa muy tenues haciendo juego con la alfombra y los sillones, un gran vestidor bien surtido y muy organizado pues es una de las tantas cualidades de Marissa.

En un rincón de la habitación junto al ventanal que da a la playa esta su escritorio con una computadora donde Marissa suele hacer sus diseños, pues es adicta al trabajo, Marissa cierra las cortinas y se hecha a llorar sobre su cama, ahora si plenamente, sin testigos que se lo impidan.

En momentos con tristeza, otros con rabia tratando de desahogar ese dolor que trae dentro, rompiendo fotos y regalos que la hacen recordar a Richard.

Molly llega y se extraña de verla así y con las cortinas cerradas y en ese desorden, pues Marissa siempre tiene un perfecto orden y la ventana abierta para escuchar y sentir la brisa del mar.

¡Marissa! ¿me quieres decir que te pasa? ¿porque lloras así? ¿que haces encerrada en esta oscuridad?

Mira este desorden.

¡Ay! Molly, no te imaginas lo que paso.

Si no me lo cuentas no, no soy adivina y me estas asustando, ¿me quieres decir que es lo que te pasa?

La mentada reunión con mi padre no era otra cosa que, desenmáscarar a Richard ante mí.

A ver, a ver ¿me quieres explicar mejor? estas muy alterada, y no te entiendo.

Si lo estoy, ¿sabes? mi padre mando investigar a Richard con un detective privado.

¿Y?, ¿que fue lo que paso?

Richard es gay, aparte de un vil estafador que vive de las mujeres tontas como yo.

Al terminar de decir eso marissa se abrazo a su amiga llorando desesperadamente.

Molly la abrazo con cariño, diciendole sin sorpresa alguna ¡ah!, así que, ¿ya lo sabes?.

Marissa la suelta a Molly asombrada por su reacción y le pregunta, ¿Tú lo sabias Molly?

Ante el asombro de Marissa a Molly no le queda más remedio que decirle la verdad si, lo sabía.

Marissa reacciona con enojo y le reprocha su proceder

¿Así que tú lo sabias y no me dijiste nada? no lo puedo creer, ¿Tú, que te dices mi amiga?, que digo mi amiga, mi hermana ¿y me traicionas de esta manera, sabes que? vete de mi casa no te quiero volver a ver nunca me oíste, no quiero ver a nadie.

Marissa déjame explicarte, calle por evitarte esto, por no causarte este dolor, hace un par de meses fui con unos amigos a un bar gay, fuimos por curiosidad, de momento, me arrepentí de no haberte invitado pero, después vi que había sido lo mejor pues ahí me encontré a Richard con Mike, fue muy grande mi sorpresa al verlos tomados de la mano besándose. Todo fue muy rápido, pensé que había visto mal.

En ese momento lo único que se me ocurrió fue, llamar a tu padre y avisarle, no me atreví a decirte nada, porque tu padre me pidió discreción hasta que no se comprobara lo que yo había visto.

Ante el silencio de tu padre... Pensé que había sido un mal entendido de mi parte, que no había pasado a mayores, pues tus planes de boda continuaban, y todo seguía muy normal, así que por todo eso calle, sin imaginar lo que tu padre estaba haciendo, por eso no me sorprende lo que sabes ,si la forma como te enteraste, no pienses mal de mi ,yo te quiero mucho me dolería que pensaras que te fui desleal, si calle es porque no tenia pruebas.

¿Sabes Molly? dice marissa con el rostro lleno de lágrimas.

Dime marissa:

Vete de mi casa y de mi vida no te quiero ver, ni a ti, ni a nadie. no te puedo ni te quiero entender.

Pero marissa, no veas las cosas así, no me puedes correr así de tu vida por no querer causarte un dolor.

Dije que te vayas, si es verdad que me quieres demuéstralo yendote.

Después de decirle eso, se encerro en el baño para esperar a que se fuera, pues no la quería ver.

Molly entiende que lo mejor en ese momento, es dejarla sola para que desahogue su furia y se calme un poco.

Así que con profunda tristeza se va, no sin antes decirle a Martha la nana, que la tenga al tanto de marissa y que trate de atenderla lo mejor posible y si nota, algún problema la llame inmediatamente, pues Marissa realmente se ve mal.

Molly se va triste, pero con la esperanza de que Marissa recapacite y la busque.

Mientras Marissa sale de su baño y se recuesta en su cama a llorar, hasta que la vence el cansancio y se queda dormida.

Al día siguiente despierta, al ver otra vez su realidad vuelve a llorar y a maldecir el momento en que conoció a Richard.

Sin ánimos, ni para ir a trabajar decide quedarse en casa, pues esta deprimida, le pide a su nana, que nadie la moleste, le dice que no esta para nadie y que si le llaman de su oficina, diga que se fue a la conchinchiná.

La nana, se queda un tanto sorprendida, porque no entiende nada de lo que esta pasando, y le pregunta a marissa ¿si viene el señor Richard que le digo?

Pues le dices que se vaya al diablo.

La nana no entiende que pasa y se queda confundida.

Richard evidentemente no llama, pero para todos los demás que llaman, los padres de Marissa, Molly, empleados, todos reciben la misma respuesta, ¡la señorita Dawson, no se encuentra!

Así pasan varios días sin que Marissa salga de su recamara, ni pruebe alimento.

Martha su nana, preocupada y llama a Molly por teléfono, y le informa lo que esta sucediendo.

Molly promete ir en ese momento, pues vive cerca, duda si avisar al padre de Marissa, o ir primero a ver que sucede, opta por lo segundo y se dirige a ver Marissa.

Cuando llega Molly, Martha le explica que Marissa no ha querido comer, ni recibir llamadas y que dio órdenes de mandar a Richard al diablo.

Molly no se asombra con todo esto, sabe que Marissa ha caído bajo una fuerte depresión, ahora solo hay que saber la magnitud para poder ayudarla.

Se dirige a la recamara de Marissa y se da cuenta que esta cerrada con llave.

Empieza a tocar llamandola ¿Marissa? soy yo, Molly, ábreme por favor, pero Marissa no responde Molly insiste, ¿Marissa, estas bien?

Esta actitud no te va a llevar a nada bueno, además analízalo, no vale la pena,tienes que reaccionar, Marissa, por favor ábreme.

Molly no deja de tocar la puerta, mientras adentro de la habitación, Marissa se encuentra acostada en posición fetal en la alfombra tapándose los oídos, pues esta muy sentida con Molly y no la quiere escuchar.

Molly no deja de insistir pues esta un poco asustada porque Marissa no da señal de vida, ok, esta bien, si no me abres, perfecto, pero tan fácil como que mandare traer a alguien a que tire la puerta y llamaré a tu padre si es necesario, así que, tu decides.

Al escuchar eso, Marissa le grita.

No entiendes que no quiero ver a nadie, déjame en paz.

Molly se tranquiliza pues al menos sabe que esta viva porque ya la escucho.

Así que insiste, por favor, solo dame unos minutos, si después de hablar conmigo decides volver a encerrarte lo aceptare ¿ok?

Marissa se queda pensando unos segundos, si le abre o no.

Mientras Molly pide a Martha que prepare un almuerzo pues tratara de que Marissa coma algo.

Marissa abre la puerta de mala gana y se encamina hacia su cama.

Molly, no puede creer lo que ve, la recamara a obscuras, todo en desorden, fotos de Marissa con Richard rotas tiradas en el piso, todos los obsequios que este le diera un día, rotos tirados por toda la habitación.

Además que Marissa, luce muy mal, hinchada de la cara por el llanto desaliñada y ojerosa.

Marissa se sienta en la alfombra junto a su cama abrazando sus rodillas y llorando.

Molly, se sienta junto a ella y le recoge el pelo de la

cara al tiempo que le dice, No te destruyas así, analízalo, no vale la pena, no por un tipo como ese.

Tienes que superar todo esto, tu eres fuerte, mira como estas ¿ya te viste al espejo, que paso con la Marissa hermosa elegante y alegre de hace unos días? Dime.

Marissa voltea a verla con una mirada de tristeza y le dice en un tono muy suave, no lo se Molly, alguien la destruyo.

A Molly le duele ver así a Marissa pero sabe que tiene que darle ánimos pues esta peor de lo que ella pensaba.

Molly la abraza con mucha ternura y le dice que juntas lucharan por que ella se sienta mejor.

¿Sabes Marissa? Tenemos que buscar una solución a todo esto.

Marissa le habla con un profundo dolor mismo que se refleja en sus ojos, ¿si, y como Molly?, ¿me lo podrías explicar?.

No te das cuenta que mi vida esta deshecha, tengo 26 año, estoy soltera, soy hija de un millonario, y eso me estorba para encontrar la felicidad, la honestidad de un hombre que solo se fije realmente en mi, que vea a Marissa el ser humano, la mujer y no los millones de mi padre, y por si fuera poco, soy virgen.

Molly esboza una sonrisa pues amén de causarle

gracia el comentario sabe que eso es verdad, que Marissa es tan especial, que aún cree en conservarse virgen hasta el matrimonio, así que trata de darle ánimos y le dice en tono de broma, ¿Eso? tiene una solución muy fácil.

¿Ah si, me quieres decir cual?, ¿acaso, casarme con Richard y compartirlo con Mike?

Molly ya no resiste más y suelta una carcajada, ¡jajaja! tratando de que Marissa olvide su pena bromea con ella.

Claro que no, mira, hoy en la noche arréglate muy bonita y nos salimos por ahí a conocer chicos y ya veras que habrá alguno que te guste, le dices que nunca has hecho el amor, y ya veras lo que sucede.

Marissa se molesta y le dice que el día que ella haga el amor con alguien, será por amor, no por una aventura o para saber que se siente.

Molly se ríe al ver la forma tan seria en que Marissa toma la vida, y trata de hacerle ver las cosas de otra manera.

Marissa, estamos viviendo otros tiempos, la vida es más, más moderna, ahora nadie se espanta ni se sorprende de una madre soltera, de un divorcio, o que vivas con alguien sin haberte casado, esas ideas de llegar virgen al matrimonio son, arcaicas, fuera de época .

Marissa la ve con asombro y le dice, parece mentira

que pienses así Molly, no lo puedo creer, crecimos juntas, nos educaron muy parecido y ¿Piensas así?, no lo entiendo.

Mira marissa, lo que pasa es que tú ves la vida muy seria, y la vida no solo es color de rosa, tiene muchos colores, aromás, flores, gentes, espacios, en fin, y todo, hay que disfrutarlo ahora, en este momento.

Mi lema es: Vive tu hoy como si fuera tu último día ¿Me entiendes? disfruta hoy, mañana no sabes si vas a amanecer.

Marissa solo la escucha y Molly continúa, con esto, te quiero decir, que dejes atrás tus prejuicios, que seas una muchacha moderna, sana de mente, estoy de acuerdo, pero que también aprendas a disfrutar la vida y que entiendas que, no todo es malo, que la vida tienes sus altibajos pero, al fin de cuentas, tiene más cosas buenas que malas, todo es según como queramos recibirlas.

Sal, conoce gente nueva, haz el amor, se libre, se tú, se feliz porque tú quieres serlo, ves que fácil puede ser la vida, porque es como tú la quieras ver y vivir.

No la sufras, solo vívela y de la mejor manera posible, en tres simples palabras, ¡Se feliz Marissa!

Molly, esas son tus ideas, yo no puedo salir a la calle y conocer un chico y decirle, ¡hey! oye, fíjate que tengo 26 años y soy virgen.
¿no quieres hacer el amor conmigo? para levantar mi animo, porque mi novio resulto ser gay.

Ante las trágicas, pero divertidas palabras de Marissa, a Molly no le queda más remedio que soltarse a reír ¡jajaja! disculpa que me ría, y no es de ti si no de tus ocurrencias.

No, no es así, lo que te quiero decir, es que te quieras a ti misma, que te preocupes por ser feliz tú, sin importar lo que los demás puedan decir o pensar de ti, que hagas lo que tú quieras, lo que tú sientas,lo que tú desees sin pensar en nadie más que en ti.

Que no veas la vida tan trágica, que saborees sus mieles, porque son muchas y muy dulces, y que nadie, Marissa, nadie vale la pena para autodestruirnos. ¿Ahora si me entiendes?

Marissa, se queda pensativa unos instantes y le dice

Es que me siento tan triste, tan traicionada, tan decepcionada, nunca tuve hermanos para poder pelear, jugar o contarles de mis asuntos más personales, mis padres, tú lo sabes, siempre están tan ocupados en su mundo, que no tienen tiempo de escucharme, ni cuenta se han dado que me mude hace un mes, ya no le veo sentido a la vida Molly, creo que no le hago falta a nadie, que ya nada tiene sentido para mi.

Molly, se da cuenta que la depresión de Marissa es más seria de lo que ella pensaba, así que insiste, mira, te haces falta a ti misma.
Te tienes a ti, y eso, es motivo suficiente para seguir adelante.

Ahora te sientes así, por lo que pasó, esta muy reciente pero, deja que pase el tiempo y cuando superes esto, te darás cuenta que no vale la pena estar así, y que la vida tiene cosas muy lindas para ti, recuerda esto siempre.

Nunca es más oscuro que cuando va a amanecer, y nuestro amanecer nos llega cuando nosotros lo deseamos, porque nosotros mismos, lo construimos.

Para mi el amor ya no existe Molly, se acabo.

Estas equivocada Marissa el amor si existe, solo cambia de lugar, pero jamás, escúchalo bien, jamás desaparece.

Tomando a Marissa de la cara, para que sus miradas se encuentren Molly le dice en voz baja y un tono suave, la vida continua marissa, nadie te puede ayudar a salir de esta tristeza más que tú misma, así que, tú decides si te hundes, o sales a flote ¿ok? y recuerda, que si te amas a ti misma lo demás, viene por consecuencia lógica.

Marissa en respuesta, se abraza a su amiga llorando, gracias Molly, perdóname por todo lo que te dije, me sentí traicionada por ti, y eso me dolió mucho, ahora veo que puedo contar contigo.

Molly tenía muchas ganas de llorar pero sabía que tenía que ser fuerte para ayudar a Marissa.

Pero claro que puedes contar conmigo no seas tonta,

te quiero mucho marissa.

Yo también te quiero mucho Molly.

Pues tenemos que pensar como le vamos a dar solución a todo esto.

Marissa con su cara llena de lágrimas, y una leve sonrisa pregunta ¿cual será la solución?

Molly responde, mira por lo pronto vete a dar un baño mientras yo organizo este desorden y pensamos en algo ¿ok?

Marissa se encamina hacia el baño y con el rostro lleno de lágrimas le dice, ¿Molly?.

¿Si Marissa dime?

¡Gracias! y se mete al baño.

Molly, suelta el aire descansando por la reacción de Marissa a quien había visto renuente a reaccionar, traga saliva haciendo un gran esfuerzo para no llorar y se dirige a abrir las cortinas y la puerta del ventanal que da a la playa, para sentir el aire fresco y la brisa del mar.

En ese momento Martha toca a la puerta, trae una charola con el almuerzo para las amigas.

Molly le pide la ayude ordenar todo para que cuando Marissa salga todo lusca mejor.

Martha comprende todo lo que pasa,y le dice a Molly
que es bueno saber que en el mundo existen seres
humanos como ella, que algún día Dios le va a
recompensar por lo que hace por Marissa.

Y como no hacerlo si Marissa es la hermana que
nunca tuve.

Lo se, señorita Molly, lo se.

Después de organizar un poco la recamara, se sienta
un momento

Marissa, sale del baño, y dice a Molly que le de
tiempo, que no desea ir al trabajo aún, ni salir a
ningún lado.

prometo no encerrarme con llave.

Ni dejar de comer Marissa.

Esta bien Molly ni dejar de comer.

Molly, acepta lo que Marissa dice con la condición de
que no se deje abatir más, las dos se sonríen, Molly le
enseña el almuerzo que Martha, les preparo.

Marissa se tapa la boca como rechazándolo, pero
Molly sin importarle nada toma un tenedor y da una
probada en la boca.

A Marissa no le queda más que aceptar y empiezan a

comer y a reír juntas, se abrazan prometiendo estar juntas a pesar de las adversidades.

Marissa, hazme un favor, ¿si? prométeme que saldremos a divertirnos para que conozcas más gente.

Por el momento prefiero esperar un poco, no me siento con ánimos.

Mira, no se como, déjame pensar pero esto, tiene que cambiar, no me gustaría volver a encontrarte como hoy, ¿ok?

Esta bien, Molly

¡Bingo!, ya lo tengo Marissa.

¿Tienes que Molly? No entiendo.

Si, mira es muy fácil, tú no quieres salir aun, no crees en la honestidad de los hombres, por lo menos por ahora.

¿Y? le dice Marissa con curiosidad.

Que hay una manera muy fácil de conocer gente sin comprometerte a nada, lo conoces, platicas, si te gusta lo conoces mejor, si no, lo borras.

¿Borrarlo? dice Marissa sorprendida, ¿de que hablas Molly? no te entiendo nada.

Del Internet Marissa, de eso hablo.

¿Me quieres decir que tiene que ver la Internet con mi problema?

Mucho Marissa, más de lo que te imaginas, la Internet no solo sirve para cuestiones de trabajo como hasta ahora la has usado.

Marissa le dice, ah ¿no?

Claro que no Marissa, ahí también puedes conocer gente de todo el mundo tener muchos amigos, y porque no, hasta un romance.

Marissa incrédula por lo que Molly le dice se ríe ¡jajaja! ¿estas loca? no puede ser.

 No, no lo estoy, y por lo menos ya te hice reír, mira esto es real, pero tiene sus inconvenientes.

A ver Molly, explícame más despacio, no entiendo nada de lo que dices.

Si mira, ahí hay salones especiales entras y platicas con gente de otros países o del tuyo, se platican, se cuentan cosas, es gente sola que ha vivido de todo.

Te ayudan, te aconsejan, pero hay de todo como en todos lados, gente sincera y gente que miente,
Ahí tienes que usar toda tu inteligencia para no dejarte envolver en mentiras.

Gracias Molly, si es así, no se me hace buena tu idea, ¿no pensaras que me voy a poner a platicar mis problemas con una estúpida máquina?.

que no entiende de sentimientos.

No, es que no pláticas con una estúpida máquina, pláticas con seres humanos, tan humanos como tú y como yo, que también tienen sus propios problemas y se encuentran solos, en busca de un amigo, de un consejo.

No se me hace buena idea, tú sabes que yo si confió mucho en la humanidad y eso me ha traído problemas, ¿como saber si alguien es honesto o no?

Si no puedo verlo a los ojos para sentir la sinceridad de sus palabras, no, no se me hace buena idea ¿que voy a hacer? ¿que decirles? oye, ¿me quieres conocer, soy una muchacha de 26 años, virgen y con un novio gay, no quieres hacer el amor conmigo? No Molly eso no es para mi perdóname.

Molly suelta una carcajada, ¡jajaja!, disculpa que me ría pero, claro que no es así, tú no tienes nada que perder, no tienes que contar lo que te pasa si no lo deseas, solo vas a conocer gente tratarla y ver como piensa, como siente, si no te gusta le das un click a tu PC y san se acabó, pero, si haces química con alguien, se entienden y deciden conocerse más, tratarse en persona ya ganaste algo.

Además eso te mantendrá ocupada entretenida, y no te compromete a nada que tú no quieras, yo conozco gente que ha conocido a su pareja en la Internet algunas, son muy felices así a distancia, otras han unido sus vidas y son felices.

Marissa sorprendida le dice, ¿en verdad tú crees en eso Molly? ¿En una persona sin rostro?
¿Que habla a través de una máquina? ¿Que no sabes si es honesta o no?.

Claro, como te digo hay de todo, solo es cuestión de poner a trabajar tu intuición femenina y tu inteligencia juntas para poder identificar quien miente y quien no.

Porque hay gente muy buena también, a la que tal vez no le puedas ver el rostro pero que a través de lo que escribe puedes percibir la nobleza de su corazón, su manera de pensar y de sentir.

Pero Molly, eso no es tan fácil, si en persona no lo es, mira lo que me paso a mí en la vida real, menos através de una PC. No, mejor olvídalo, definitivamente no es buena tu idea.

Si lo es, mira hagamos la prueba si no te gusta, no lo haces o, lo tomás como un pasa tiempo

No Molly, no estoy segura de que eso funcione, además te repito que no estoy de ánimo para hablar con nadie.

Mira lo haré yo para que veas como se hace, ven le dice dirigiéndose a la PC. Molly la toma de la mano y la sienta junto a ella, mira tú solo observa, ¿ok?
Si quieres después tú lo intentas, yo tengo amigos ahí y cuando me siento sola platico con ellos, cuento chistes, hasta cantamos.

¡jajaja!, definitivamente si estas loca Molly, pero ya

lograste despertar mi curiosidad.

Eso esta muy bien, así que prepárate... Molly prende la PC. Y le explica, lo primero que tenemos que hacer es crear un correo, ahí podrás recibir toda la correspondencia, tener tu msn para poder hablar con quien tú quieras.

Eso si lo se Molly, no recuerdas que ya tenemos un correo donde recibimos toda la información de la oficina.

Claro que lo recuerdo pero ese es un correo solo para asuntos de trabajo.

Este va a ser personal, imagínate que te manden un chiste en cadena y tú lo envíes a todos tus proveedores y clientes, ¡jajaja! tú déjame a mi orientarte ¿ok?

Esta bien Molly, tú hazlo a mi no me entusiasma tu idea.

Por ahora Marissa pero ya lo harás, no vamos a poner nuestros datos reales.

¿Porque Molly?, no podemos empezar algo con mentiras.

Porque ya te explique Marissa que este no es un medio muy sincero que digamos, tú sabrás a quien le dices la verdad y a quien no, si lo sabes hacer es muy divertido, pero si no puede ser un juego peligroso porque puedes resultar lastimada, pero confió en que tú lo sabrás hacer.

¿Ves? Molly, yo no me siento muy bien en mi autoestima y no creo que esto me vaya a ayudar.

Mira hagamos algo, como ya te dije lo haré yo, tú solo observa si después tú quieres continuar lo haces ¿ok?

Esta bien Molly empieza yo te veo, aunque te repito yo no estoy convencida de que esto sea bueno pero en fin, solo observaré.

Esta bien Marissa, mira pondremos el nombre de Martha.

¿De Martha? ¿mi nana? dice Marissa, ¡sorprendida!

Molly se ríe, si hombre, ¡jajaja!, nadie sabe en realidad quien esta detrás de la PC, y si es o no su nombre real.

Bueno Molly tú sabes, pobre nana... Las dos amigas se ponen a crear el mail, Marissa no se muestra muy interesada en ver como lo hace Molly, quien continua con los requisitos que le pide la PC, y así logra entrar a un salón de Chat.

Mira Marissa este, es un salón de Chat.
Esa lista de nicks, o apodos que está a la derecha es la gente que vas a conocer ¿ves como nadie o casi nadie pone su nombre verdadero?.

Si ya veo, ¿ahora que sigue Molly?

¡jajaja!, Marissa ya te entro la curiosidad y eso es bueno, mira podemos saludar o esperar que alguien nos mande un mensaje privado, es una ventanita que se abre cuando te llaman para platicar a solas sin que los demás puedan leer, puedes platicar en grupo dentro del salón, mira.

Molly envía un saludo a todos, ¡hola todos!

Hola martha__ bienvenida.

Marissa empieza a leer todo lo que pasa gente que da recetas de cocina otras hablan mal de sus maridos otros ligan en fin.

Molly, esto esta muy loco cada uno tiene su tema.

¡jajaja!, Marissa de eso se trata de que platiques y te entretengas.

En eso alguien le manda un mensaje privado a Martha.

Galán 33__ ¿Hola martha de donde eres?

Martha__ Miami y ¿tú?

galan33__España

Molly le explica a Marissa, eso, te lo van a preguntar siempre suele ser cansado repetir lo mismo pero es necesario para conocerse un poco.

Galan33__ ¿que edad tienes y a que te dedicas, mi

querida Martha?.

Martha__ tengo 20 y soy estudiante.

Molly voltea y cierra el ojo con una sonrisa hacia Marissa en señal de complicidad.

Marissa observa atenta todo lo que pasa.

Galan33__¡Que bien Martha!, y ¿que andas haciendo por aquí?

Martha__solo paso el rato, y ¿tú?

Galan33__ lo mismo, ¿conoces Madrid?

Martha__ si lo conozco es un lugar muy bello.

Molly esta muy entretenida platicando con la persona que encontró, Marissa lee todo sin darle importancia.

Después de un rato de estar platicando, Molly se despide de su nuevo conocido prometiendo buscarlo otro día.
¿Viste Marissa? es así de fácil, y se nos paso volando media hora, así puedes ir de salón en salón buscando, hasta que conozcas a alguien realmente interesante, y lo invites a tu msn que es un sitio más privado donde solo están los amigos que tú quieres tener, poder platicar e intercambiar correos sin necesidad de entrar a un salón, si solo deseas contestar el correo lo puedes hacer.

Molly pasa un buen rato del día enseñando a su amiga

como hacer todo, después se dan cuenta que ya se les paso el día en eso.

Lo ves Marissa, sin querer ya se nos paso el día aquí.

Si Molly ya veo, apaguemos la PC ya, me siento algo agotada.

Esta bien, Marissa, solo prométeme una cosa.

¿Que Molly?

Que intentarás conocer a alguien, cuando te sientas sola o deprimida y yo no este, ¿lo harás? Prométemelo ¿si?.

¿Pero porque me dices eso Molly? tú y yo siempre estamos juntas, podemos platicar, y claro algún día pasarlo como hoy.

Lo que pasa Marissa es que no me gusto como estabas, me da miedo pensar lo que pudo haber pasado si no vengo.

Y no te había podido decir por todo lo que ha pasado, pero, Steve me invito a pasar un par de semanas en casa de sus padres, en San Francisco y nos vamos mañana.

Molly nota la tristeza en el rostro de Marissa y se preocupa, pero si quieres, lo puedo cancelar.

No Molly, de ninguna manera, ve, lo vas a pasar bien, y la verdad mereces un descanso.

Marissa, solo prométeme que no te deprimirás y que tratarás de hacer amigos como te enseñe, solo promételo ¿si?, para que yo me pueda ir tranquila.

Marissa se queda pensativa y levantando su mano en señal de juramento le dice, ok Molly te prometo que lo intentaré.

Esta bien Marissa así lo espero, yo te estaré llamando, así que esta al pendiente para que me cuentes como van las cosas ¿ok?

Molly, no te preocupes voy a estar bien, diviértete, yo solo necesito tiempo.

Bueno Marissa, ahora si invítame a comer porque me muero de hambre.

Claro Molly pediré que te preparen algo.

Tengo una idea mejor Marissa.

¿Cual Molly?

Hagámoslo nosotras como cuando éramos niñas ¿recuerdas?, ¡jajaja!

Como no recordarlo Molly ¡jajaja! terminabamos encargando pizza porque todo nos salía horriblemente desabrido, salado o quemado, ¡jajaja! Esos si que eran buenos tiempos no se porque tuvimos que crecer

Estos también lo son Marissa, cada etapa de la vida

tiene sus buenos momentos, esto pasará pronto ya lo verás.

Así lo deseo Molly créeme.

¡Bueno señorita Dawson!, dice Molly poniendo su brazo para que su amiga lo entrelace con el de ella. A cocinar se ha dicho.

Esta bien Molly, dice Marissa no muy entusiasmada tomando el brazo de Molly, se van rumbo a la cocina.

Empiezan a buscar que hay en la nevera y en las alacenas, para ver que van a cocinar,que te parece Molly, ¿una ensalada de atún?

¡Hmmm!, no, no se me antoja.

Marissa se encoge de hombros, ni a mi.

¿Que tal, mariscos?, dice Molly.

¿Te sabes alguna receta?

Molly pone cara de desilusión y responde, no, ni idea.

Así pasan un rato tratando de decidir el mejor platillo, la verdad es que no son buenas en el arte culinario, así que después de tomar su decisión respecto a la cena y poner una linda mesa con copas, cubiertos plato de metal bajo del de porcelana velas en fin.

Una mesa realmente hermosa porque para eso, son

excelentes, decoradoras.

Cuando por fin terminan de adornar la linda mesa ponen leche en sus copas y se sientan a disfrutar un rico y suculento cereal, pues en realidad, ellas no saben cocinar.

Pero Martha conociéndolas les tenia preparado algo rico que les lleva a la mesa, ellas tratan de justificarse, no creas que no sabemos cocinar nana, es solo que, no tenemos mucho apetito.

Martha sonríe, y les dice, me imagino niñas.

Pero en cuanto Martha se retira se ponen a comer como nunca. ¡Hmmmmm!, esto esta delicioso Marissa.

Ya lo creo Molly, Martha tiene manos mágicas para esto, ¡jajaja!... ¿Sabes algo?

Dime Marissa.

Hoy, me has hecho reír varias veces por momentos he olvidado mis problemas, ¡gracias de todo corazón!

Marissa, no por momentos, los olvidarás por completo te lo aseguro, le dice Molly tomándola de la barbilla, a las dos se les rasan los ojos de lágrimas pero Molly reacciona rápidamente y le dice, bueno ya, vamos a cenar estos ricos mariscos.

Si Molly cenemos le dice Marissa, con la voz ahogada por la tristeza.

Al día siguiente la realidad llega a Marissa, su amiga se ha ido de viaje y ella se siente más sola que nunca.

Esto la hace sentirse aún más triste, pues se siente sola, no esta su amiga, no tiene un amor, ni ánimos de ir a su oficina, cuando realmente era una adicta al trabajo, en ese momento vienen a su mente las palabras que Molly le dijera, nadie vale la pena para que tú te deprimás así.

El amor no se acaba, solo cambia de lugar, que hermosas palabras y a la vez que ciertas, Marissa recuerda todas y cada una de las cosas que Molly le dijo, tienes que conocer más gente, ven te enseñare en el Internet. Se acerca a su pc, y se le queda viendo como no sabiendo que hacer, decide mejor olvidar todo, Molly está loca, eso no existe es pura fantasía ¿como piensa que le voy a creer que se puede encontrar gente compatible en un lugar así?

Marissa lucha contra sus ideas y lo que Molly le dijo, bueno pero, nada pierdo y como ella dice, pasaré el rato, nada pierdo con probar, o ¿si? total, si no me agrada la apago y ya está.

Si, si lo haré, ya convencida, prende su pc.

¡Oh! ya no recuerdo como entro Molly, a ver, empieza a tratar de entrar a un salón de Chat, como Molly le explicó.

Marissa, lee una nota que dice elija el salón de su preferencia, ella solo le da click, sin fijarse a donde se dirige, en ese momento ya se encuentra en una sala, ella envía un saludo cortésmente, la empiezan a saludar, hola Martha, pero ella no responde pues no recuerda que ese es su nick.

No si ya lo decía yo, Molly está loca, son antisociales nadie saluda, parece uno loco, y vuelve a enviar un saludo, ya molesta, escribe, dije, ¡Hola!
En eso se le aparece una pantallita de las llamadas privados, ella la abre y lee.

Jerry__ Hola nena ¿no lees?, todos te están saludando en la sala, tú eres quien no responde, ¿Martha es tú nombre?

En ese momento Marissa se da cuenta de su error, solo hace una expresión negativa con la cabeza por su torpeza de no recordar, que para ellos es Martha, pero recapacita y se dice para si, que pena, bueno ellos ni me conocen.

Jerry __ Hola amor ¿de donde eres?

Martha __ no soy tú amor, y soy de Miami

Jerry __mmm, que bien, pero no te enojes yo soy de México ¿conoces?

Martha __ conozco ¡Can-Cun! es muy bello

Jerry __si lo es, pero yo soy del DF

Martha__ que bien

Jerry__¿casada o soltera nena?

Martha__soltera, y ¿tú?

Jerry__ casado, pero, ¿sabes? no soy feliz.

Martha__ que mal, lo siento

Jerry__ yo no, ya me acostumbre, ¡jajaja! ¿que edad tienes y a que te dedicas amor?

Martha___26, mi negocio es la decoración de interiores

Jerry___ que bien, yo vendo seguros, pero la verdad esta muy mal, el negocio.

Martha __ lo siento.

Jerry ___ gracias nena, pero soy positivo, ¿que haces por aquí?

Marissa recuerda la respuesta fácil de Molly.

Martha__pasando el rato.

Después de las presentaciones y las preguntas más comunes, Jerry pregunta a Marissa porque esta soltera.

Marissa, recuerda su tragedia y empieza a contarle lo que le ha pasado, como suele pasar en el Internet Jerry, se involucra en el problema de Marissa y toma a mal el proceder de Richard.

Jerry se encuentra en la ciudad de México comienza a enviar a Marissa mensajes apasionados para enamorarla lo que en un principio a Marissa le causa cierta molestia, pero se queda observando esos mensajes y llega a la conclusión de que Jerry se siente solo y por eso reacciona de esa manera, tratando de ser amable y conquistador, pero que en realidad quiere evadir un problema, así que decide seguirle la corriente para no herir su autoestima.

Jerry trata de seducir a Marissa, quien esta leyendo lo que el le escribe, un tanto divertida, se da cuenta de que está platicando su vida a alguien que no conoce, ni sabe quien es, pero que le pone atención y trata de ayudarla, ahora comprende lo que Molly le quería decir, pues tiene más de media hora platicando su tragedia a un extraño, que siente como un amigo de toda la vida, Marissa pide a Jerry le hable de él.

Jerry se encuentra sumamente entusiasmado, por despertar el interés de Marissa.

Jerry__ me puedes decir ¿como eres? descríbete ¿si?

Marissa, se describe, tal y como ella es, soy alta, delgada, tez morena clara, facciones finas, ojos claros, pelo café, labios medianos.

En realidad es una mujer muy atractiva y dulce, y así la percibe Jerry, quien se entusiasma más con ella dejando volar su imaginación.

Jerry__wow ¿así de guapa eres? ¿de verdad?

Marissa__ ¡jajaja! gracias por el cumplido, si así soy, muy sincera, buena amiga y muy sentimental.

Jerry__es que si de verdad eres así, estas guapísima mi amor

Marissa__¡jajaja! estas loco.

Jerry__ ¿oye nena? ¿No tienes una foto que me puedas enviar? Es que, no es que desconfíe, pero me ha pasado cada cosa. Ji ji ji, claro yo si te creo, es solo curiosidad por conocerte preciosa.

Marissa__fotos tengo muchas, pero, ¿como quieres que te la envié?

Jerry__la puedes enviar por aquí yo te voy a mandar la mía.

Marissa__me sorprendes Jerry, no se como se hace eso, en realidad esta es mi primera vez.

Marissa en ese momento no se da cuenta que se encuentra muy divertida con su nuevo amigo, siente que le inspira mucha confianza, no se explica porque, solo sabe la entiende, le pone atención y eso le gusta.

Jerry, le explica como enviar la foto para poderse conocer, Marissa le dice que en cuanto compre un scanner le enviara su foto para que la conozca.

Jerry que es todo un experto en esto, le envía su foto en ese momento y así Marissa, conoce a su nuevo amigo y se da cuenta que no es nada atractivo, pero en su cara se nota su buen corazón.

Marissa se entusiasma con esto que es nuevo para ella y manda a su chofer a comprar un scanner.

Jerry es gordito, de mediana estatura, facciones gruesas y casi no tiene pelo, Marissa ahora ya sabe con quien esta hablando, así que ahora platican más a gusto, a ella le recuerda mucho a Danny de Vitto.

Marissa esta muy divertida con las ocurrencias de Jerry, este a su vez tiene otro interés, pues realmente Marissa le encanto, así que decide seducirla y hacerla su cibernovia

Jerry__ Marissa de mi vida, mi amor, me volviste loco con tú belleza, realmente eres una mujer, súper sexy; hmmm.

Marissa, solo ríe divertida, pues en realidad le parece una situación chusca, pues no la conoce ni en foto y ya la cataloga de súper sexy.

Jerry__ ¿sabes algo nena? me encantas, me tienes loco, ¡woww!

Marissa ____ realmente estas loco, ¡jajaja!
¿Jerry es tu nombre?

Jerry__en realidad no muñeca; te lo diré a ti, pero, porfa no te vayas a reír, ¿si? me llamo: Jeremías.

Marissa, suelta una carcajada, con muchas ganas

¡jajaja!, Jamás pensó que su amigo tuviera ese nombre, no puede evitar reirse, pero Jeremías o Jerry le cae muy bien.

Jerry__ y ¿tú preciosa? ¿Como te llamas?

Marissa, duda un poco, pero finalmente le dice:

Marissa__mi nombre es Marissa.

Jerry__ wow que bello nombre tienes, ¿sabes algo? Me excitas mucho corazón.

Marissa no sabe si reírse o molestarse, pero entiende que es el complejo de conquistador de Jerry, si quiere ser su amiga tiene que empezar por conocerlo y darle por su lado, pues en realidad esta muy divertida, y quiere evadir regresar a su problema que no la hace sentir nada bien.

Marissa piensa para si, ¿Como crees? Esto no me esta pasando a mi ¡jajaja!

Jerry__mira amor no puedo creer lo que me contaste, que eres virgen a los 26 y ¿viviendo en Miami?

Marissa__ ¿que tiene eso de malo? el lugar no te hace, esa es mi manera de ser y de pensar, el día que yo me entregue a alguien, será por amor.

Jerry__o por la Internet amor, ¡jijiji! al ver que Marissa no escribe, se pone serio y le aclara, es broma corazón ¡jmm!, no lo tomes tan enserio, bueno si.

Marissa del otro lado de la PC ríe divertida, sin darle importancia a las palabras de Jerry.

Jerry__ya serio amor, ¿no te gustaría experimentar? ¿Saber que se siente?

Marissa__ Algún día lo sabré ¿no? por el momento no tengo ninguna prisa mucho menos curiosidad.

Jerry__no lo puedo creer, ¿de verdad eres de este mundo? ¿o, eres de otra galaxia? ¡je je!

Marissa__¡jajaja!, Jerry que cosas dices

Jerry__nena en serio, ¿no tienes ganas de sentir? ¿De saber como se hace? mira yo te puedo enseñar por aquí.

Marissa__¡jajaja! Jerry, creo, que estas mal, esas cosas no existen, están en tú mente.

Jerry__te equivocas nena, mira solo déjate llevar, la mente es muy poderosa y si tú te imaginas lo que yo te diga, sentirás te lo aseguro, solo es cuestión de que te concentres en lo que haces o dices.

Marissa no sabe que pensar, esto le parece tan loco, para ella es un absurdo.

Jerry, empieza su conquista, tratando de no llamar la atención de sus compañeros de trabajo que siempre lo están molestando y haciendo bromas pesadas.

Jerry__ Mira muñeca, hmmm, siéntete entre mis

brazos nena, siente como te acaricio y te beso, y recorro con mis manos todo tu cuerpo.

Marissa, al leer eso se pone seria y un poco asustada no puede creer que la gente por soledad o por gusto recurra a eso, le da pena Jerry, siente que tiene un gran vacío en su vida y siente ganas de ayudarlo a entender que no necesita recurrir a eso para sentirse bien con el mismo.

Jerry__ siente como nos besamos, nos tocamos, hmmm, que rico nena.

Marissa lee atentamente todo lo que Jerry le escribe, y empieza a imaginar que la abraza y esta cerca de ella, pero de una manera tierna sutil. No de la forma en que Jeremías lo ve.

Jerry por su lado esta en una situación bastante simpática, como se siente un conquistador del ciber esta realmente excitado, pues su mente va más allá, de lo que Marissa pueda imaginar.

Mientras Marissa, esta imaginando un abrazo de amigos y pensando como ayudarlo a que no se sienta tan solo, tan vacío.

Marissa__Si Jerry, cuéntame todo lo que sientes se que necesitas una buena amiga.

Jerry ya no lee lo que marissa le escribe, pues el solo piensa en sexo, y siente que realmente esta teniendo una escena erótica con Marissa.

Marissa ni idea tiene de lo que esta pasando del otro lado de su pc, Jerry quien ya es un experto en todo esto del cibersexo, se quita el saco.

Y se afloja la corbata para sentirse un poco más cómodo, esta sudando porque el realmente esta viviendo la situación que esta creando.

Cuando Jerry esta más concentrado en su escena amorosa, y esta a punto de llegar al clímax, entra su jefe a la oficina bastante molesto:

¡Jeremías! ¿que haces perdiendo el tiempo como siempre? tienes que salir a buscar clientes, todos los días es lo mismo contigo, pegado a la computadora por horas.

Jerry apenado y nervioso por haber sido sorprendido, se para de su silla, tropezando con todo lo que hay a su alrededor y trata de tapar la pc con su cuerpo para que su jefe no sepa que es lo que estaba haciendo, pues eso le costaría su empleo.

Todo sudoroso, bastante nervioso, y con una erección provocada por todo lo que imagino con Marissa, solo desea desaparecerse trata de taparse con su saco, para que su jefe no lo descubra.

Pero el jefe lo nota raro y le pregunta:

¿Que te pasa Jeremías?, ¿ahora tienes complejo de torero?

Jerry con risa nerviosa le dice, ji ji, jefe que

ocurrencia, lo que pasa es que me cayo café en el
pantalón, si eso fue, por eso me tape con el saco.

Pues parece que traes un capote, y además
en lugar de estar tomando café, sal a buscar clientes
andas muy mal en tus ventas.

Si jefe no se preocupe ya me voy, solo envio este
correo a un cliente y me voy.

El jefe sin decir nada más sale de la oficina de ventas
y Jerry respira con alivio limpiándose el sudor de la
cara pues realmente paso un rato muy bochornoso
ante el jefe.

Sus compañeros que se encuentran dentro de la
misma oficina, y saben de sus ciberconquistas se
empiezan a reír de el, de hecho ellos habían
provocado que el jefe entrara, para darle una lección.

Oscar quien es el que más lo molesta le dice, ¡jajaja!
Jerry si te vieras la cara, ahora si la cagaste guey, no
manches, ¡jajaja!

Si la cague... pero la silla cuando vi al jefe frente a mi,
no inventes.

¡Ole! ... mi matador, ¿no vas a terminar de clavar la
banderilla en la tierna vaquilla? ¡jajaja!

Víctor otro compañero le dice: si Jerry te faltaba la
estocada final ¡jajajá! no me digas, casi lo logras
cuando llego el alto mando ¡jajaja!

El pobre Jerry fue objeto de varias bromas más.

¿no quieres azúcar para tu café? ¡jajaja!

Marissa, por su lado esta viviendo una escena de lo más tierna y amigable con Jerry sin imaginar lo que realmente pasa, y dice palabras de ánimo a este.

Marissa__no todo es malo Jerry ya veras pronto cambiaran las cosas tú puedes, todo es cuestión de que le pongas más pasión.

Víctor que sigue molestando a Jerry, lee lo que Marissa escribe y le dice, no cabe duda mataor la traes muerta, pongale mucha pasión mi buen, ¡jajaja!.

Jerry sabe que la situación se le fue de las manos, pues ya no pueden callar las bromas de sus compañeros.

Jerry__ muñeca, perdón pero me tengo que ir, es que sabes, un cliente tuvo un problema y tengo que salir, pero tratare verte más tarde, ¿si?

Marissa__ claro Jerry, ¿estas bien?

Jerry__ si claro, ¿por qué lo preguntas?

Marissa__ es que te sentí diferente, como nervioso, ¿seguro estas bien?

Jerry__si nena, no te preocupes solo es que se me cargo un poco la chamba pero nada más.

Marissa__ok Jerry, entonces cuídate que tengas un buen día y gracias por leerme.

Jerry__ fue un placer nena, pero no se te olvide te busco al rato, recuerda que dejamos algo pendiente.

Marissa__bye.

Al quedar sola Marissa, relee todo lo que platico con su nuevo amigo y le agrada, ver que por lo menos por un rato había olvidado sus problemas, que razón tenia molly esto es muy divertido, al rato buscaré de nuevo a Jerry, me gusto platicar con el, mientras tratare de dormir un rato, estoy muy cansada, pero ya más tranquila gracias a Dios.

Después de unas horas que Marissa logro dormir decide regresar a su pc para buscar a su amigo como habían quedado.

Marissa, empieza a buscar a Jerry en el mismo salón, le parecio un ser humano que necesitaba más que nada, una buena amiga, para escucharlo y entenderlo, después de todo, molly tenia razón puedo encontrar amigos honestos, más que leerlos es tratar de ayudarlos, como ellos me están ayudando a mí aún sin conocerme, en ese momento le envían una ventanilla de las llamadas privados en el mundo de los chats, Marissa lo abre con gusto, pero no es Jerry, ahora es otro nick al que ella decide contestar pues se siente sola y desea platicar con alguien.

Ray__hola Martha, ¿como estas? ¿Que haciendo?

Marissa__ hola, bien gracias, estaba buscando un amigo, y ¿tú?

Ray__aquí esperándote, ¿de donde eres?

Marissa__¡jajaja!, ¿Como que esperándome?
¿Si no me conoces?

Ray__bueno, ese no es problema, ¿de donde eres?

Marissa__Miami y ¿tú?

Ray__ Puerto rico, y dime amor, ¿donde estas ahora?

A Marissa le causaban gracia las preguntas tan absurdas, pero tan parecidas a las de Jerry.

Marissa__ pues aquí en el Internet, al igual que tú.

Ray__no me refiero a eso quiero saber si estas en tu recamara.

Marissa__claro que si, pero, ¿como lo sabes?

Ray__¿que traes puesto nena?

Marissa__¿eso que tiene que ver?

Ray__ ¿que no te has dado cuenta en que sala estas?

Marissa __no realmente no, ¿que tiene esta sala?, yo solo paso el rato

Ray__ ¿de verdad no sabes, que estas en un salón

erótico?

Marissa__¿como? Dice Marissa sorprendida y apenada, noooo, no lo sabia

Ray__ijajaja! no te lo creo, asi dicen todas.

Marissa__de verdad, es mi primera vez en esto, no lo sabia, que pena Dios mió.

Ahora entiende porque Jerry le hablaba así. ique tonta soy! como no me di cuenta, que pena.

Ray__ijajaja! así dicen todas, y solo buscan el cibersexo, pasar un rato bien.

Marissa__no, de verdad, me confundes, yo realmente no lo sabía, solo estoy aquí en busca de un amigo, he tenido problemas y quería desestresarme, pero yo no soy así.

Ray__ ijajaja!, no te preocupes, yo te puedo ayudar a desestresarte corazón.

Marissa__ por favor, créeme, no soy esa clase de persona, una amiga me enseño a entrar aquí ayer y creo que lo hice mal estoy realmente muy apenada.

Ray__ ijajaja! no te preocupes, tranquila , no pasa nada te creo ¿si te puedo ayudar? Dime, ¿cual es tu problema?

Marissa, se encuentra apenada, jamás imagino la clase de sala en la que estaba, ahora se explica muchas cosas y porque Jerry se sentía atraído hacia ella, comprende que ahí la gente solo entra por sexo, eso la hace sentirse apenada, así que le cuenta a Ray toda su historia, para quitarle la mala imagen que el pudiera tener de ella.

Ray__ pues la verdad no me hubiera imaginado lo que pasaste, pero ¿sabes? tenemos mucho tema para platicar y eso me agrada, me caíste bien, así que te aconsejo tengas cuidado cuando entres a una sala, pues esta no es la indicada para platicar.

Marissa__gracias ahora lo se y me da pena estar aquí, de verdad yo no soy esa clase de persona.

Ray__ ¡jajaja! no hay problema, lo puedo percibir no te preocupes y dime ¿que haces?

Marissa__en este momento, platico contigo y estoy viendo el mar.

Ray__ ¿pues donde vives?

Marissa__ Miami y mi recamara da al mar, realmente es una vista hermosa, ¿Sabes? me encanta caminar descalza en la playa, y sentir la brisa del mar en mi cara.

Ray__que interesante, ¿que más te gusta hacer?

Mariss__leer y escuchar música y trabajar

Ray__eso me gusta, se ve que eres una mujer muy romántica.

Marissa__si, lo soy, pero ¿sabes? realmente estoy muy apenada, no sabia que esta sala trataba de esto.

Ray__ya no te preocupes, no se porque pero te creo, es más ¿sabes algo? creare un salón especial, para que solo estemos tú y yo y nadie nos moleste podremos platicar a gusto ¿quieres?

Marissa__ claro acepto, la verdad, es que me siento incomoda aquí, después de lo que me dijiste.

Ray__¡jajaja! Ok, no hay bronca, ahorita lo arreglamos.

Ray crea una sala para ellos donde platican por un largo rato, através de la plática, Ray percibe la nobleza y sensibilidad de Marissa, y siente que es el tipo de mujer, qué siempre ha soñado, así que decide seguir charlando con ella.

A Marissa por su parte le agrada la manera de ser Ray, y le da la impresión de que es una persona correcta educada y romántica.

Ray__así que has pasado por cosas muy duras últimamente, me gustaría que me enviaras tu foto, para saber quien esta detrás de mi pc, ¿Podrías hacerme ese favor? si lo deseas, por supuesto.

Marissa__ claro, me caíste bien creo que eres una persona muy honesta así que te enviare mi foto, en cuanto llegue el chofer con el scanner que necesito para hacerlo, espero tú también mandes la tuya.

Ray__yo aún no tengo pero lo haré.

A Marissa no le importa mucho lo de la fotografía ella se lo imagina por su manera de ser y piensa que si no es guapo por lo menos es una persona de buenos sentimientos.

Aún no puede creer que este medio de conocer gente la haga sentir todas esas cosas, siente que se encariña con la gente y siente lo que les pasa, ve que ellos la entienden bien pues la aconsejan y le dan ánimos.

No puede creer todas las emociones que siente, y decide ser la amiga de Ray.

El chofer finalmente llega con el scanner y lo insatala, Ray es el primero en recibir la foto de Marissa.

Marissa__ya te envié mi foto, espero la recibas en unos minutos más.

Ray__ok, yo te aviso en cuanto la reciba.

Para Ray es solo una foto más, ya sabe que la mayoría de las chicas que conoce por la Internet se describen muy bellas y la mayoria no lo son, Marissa no tendría porque ser la excepción.

Después de unos minutos, Ray ve la foto de Marissa y se queda impactado por su belleza, no puede creer que la chica con quien esta , sea tan bella por dentro y por fuera, se siente muy afortunado y no piensa perder a la chica que acaba de conocer.

Ray__woww Marissa, realmente eres una chica muy linda, que digo linda, eres muy bella, un cromo, me dejaste muy sorprendido créeme.

Marissa__ ¡jajaja! Ray, no exageres, muchas gracias pero haces que me de pena.

Ray__es la verdad, no se como el idiota de tú novio te hizo eso, pero bueno mira fue mejor saber todo antes y no cuando ya estuvieras casada, de no ser así no nos hubiéramos conocido y créeme es un placer conocer a tan bella dama.

Marissa__gracias para mi también conocerte a ti y lo que paso con Richard quiero olvidarlo, el no vale la pena, aún me duele pero ya esta pasando.

Ray__no te me pongas triste, mejor platiquemos de otras cosas, ¿Así que tú recamara da al mar?

Marissa__si realmente es un lugar muy lindo y romántico, por las noches salgo a caminar un poco antes de dormir, me gusta ver las estrellas y soñar con cosas lindas.

Ray __¿sabes algo Marissa?

Marissa--dime Ray

Ray__realmente me tienes impresionado, eres una chica muy sensible y eso me gusta, así que cuenta conmigo lo que necesites no dudes en pedírmelo si esta a mi alcance cuenta con mi ayuda, soy muy afortunado en conocerte.

Marissa__gracias Ray, igualmente tú puedes contar conmigo.

Ray__ a mi me gusta escribir, te escribiré un poema hoy por la noche y mañana te lo enviare a tu correo, Yo también entre aquí la primera vez por distraerme un poco, pero me di cuenta que no a toda la gente le interesan tus problemas, que había gente, que solo le interesa el cibersexo, pasar el rato, desquitar con alguien su enojo, pero tú has venido ha cambiar mi concepto, estoy muy contento de haberte encontrado y dime ¿Ya encontraste a tu amigo?

Marissa__no, ya se comunicará después creo yo, a mi también me agrada conocer un chico como tú, reflejas muy lindos sentimientos, no te he preguntado ¿a que te dedicas?

Ray__ pues mira lo que son las cosas adivina, es muy fácil, mi carrera esta muy relacionada con la tuya es más, se podría decir que van tomadas de la mano.

Marissa__ pues la única que podría ir tomada de la mano es la arquitectura.

Ray__woww, me sorprende tu inteligencia Marissa, ¡jajaja! es broma pero exacto, ¡soy Arquitecto!

Marissa__¡jajaja! Ray que bien, mira quien lo iba a decir hasta en la profesión hablamos el mismo idioma.

Ray__así es, cuando necesites de mi asesoria, ya

sabes.

Marissa__ gracias, igualmente Ray

Ray__oye, ¿no crees que seria bueno que regresaras a trabajar? te ayudaría a salir más rápido de tu depresión, no es bueno encerrarte así, hace más daño, yo te aconsejo vuelvas a tu trabajo eso te ayudara mucho.

Marissa__no se Ray, creo que estaré unos días más aquí, no me siento con ánimos de regresar, todos querrán saber, ¿que paso?, ¿porque ya no hay boda? me lo estarían recordando, no me sentiría cómoda.

Ray__eso mi querida Marissa, no lo podrás evitar, el día que regreses así sea dentro de 20 años, la gente siempre va a preguntar, así que eso ni lo tomes como pretexto, se valiente y enfrenta las cosas, no tienes porque complacer a nadie más que a ti misma, y no tienes porque parar tu vida por el que dirán, la vida es muy linda Marissa, tienes que disfrutarla en todos sus sentidos, si por cada problema que tuviéramos dejáramos de trabajar, imagínate nadie lo haríamos, todos tenemos problemas unos más fuertes, otros menos, pero, ahí la llevamos y seguimos adelante, así que ánimo y a la chamba de regreso.

Marissa__gracias Ray, me haces ver las cosas de otra manera, tienes razón y viéndolo así solo me tomaré un par de días más.

Ray__bueno mi querida Marissa, piensa bien lo que te dije, estoy muy a gusto contigo, pero me tengo que retirar voy a ir a supervisar una de las obras en la que estoy trabajando, te veo mañana ¿si?

Marissa __si claro, ¿a que hora puedes?, yo estaré en casa todo el día.

Ray__ a la misma hora de hoy, piensa bien lo que te dije acerca de regresar a tu negocio, te hará bien.

Marissa__claro Ray eso ya esta decidido y gracias por tus consejos.

Ray__no olvides checar tu correo te escribiré ¿ok?

Marissa__ esta bien Ray.

Ray__ bye Marissa un beso.

Marissa esta apunto de salir de la sala que Ray había creado para ella, cuando entra alguien de nick joe.

Joe__hola, disculpa Martha, ¿esperas a alguien?, ¿podemos platicar un rato?

Marissa__claro podemos, no espero a nadie, de hecho ya me iba.

Joe__¿de donde eres?

Marissa__ Miami y ¿tú?

Esa era la única parte que no le gustaba a Marissa estar repitiendo, lugar, nombre, edad, profesión, etc. etc. pero era requisito para iniciar una conversación y ni modo.

Joe__yo de aquí del paso Texas

Marissa__ha que bien, ¿a que te dedicas?

Joe__soy abogado penal, tengo mi despacho

Marissa__ah, que bien

Joe__ya vi en tu perfil que eres decoradora, y además
una huerca muy joven.

Marissa__uff ¿así que ya me investigaste?

Joe__discúlpame pero tu perfil esta disponible, por
eso lo leí, si no quieres que lo lea nadie te aconsejo
que lo borres y lo dejes en blanco, en buena onda.

Marissa del otro lado de la pantalla ríe nerviosa, pues
no sabia nada del perfil, ni como es que lo pueden
leer los demás, para no verse tan torpe solo dice.

Marissa__¡jaja! es broma, claro que lo puedes leer, no
hay nada que ocultar.

Joe__¿Así que te gustan las bromas?

Marissa__no claro que no, bueno si, es decir, no lo se

Joe, es un muchacho muy sencillo y extrovertido así
que le habla como el suele ser.

Joe__ no se me ponga nerviosa, ¿que paso, si o no?

¡jajaja!, ah que huerca esta, tan indecisa, ¡caray!

Marissa__si ¿verdad?

Joe__a ver huerca, cuentame ¿Que andas haciendo
por aquí?

Marissa__pues, en realidad solo pasar el rato, ¿sabes?
tengo problemas y aquí me distraigo un poco.

Joe___si ¿verdad? es el escape de todos en estos
tiempos, esta de moda, ¿que problemas tienes
huerca? ¿no me digas que mal de amores?

Marissa__pues si, ¿como lo sabes?

Joe__¡jajaja!, no se necesita ser muy inteligente para
saber que es el mal que nos aqueja a la mayoría de
los seres humanos huerca, porque casi todos los que
estamos aquí es por lo mismo, pero dime,
¿que te paso? ¿Te engaño tu marido?

Marissa__¡jajaja! no, no soy casada

Joe___ a chihuahua, ¿pos entonces? no entiendo
huerca.

Marissa___si, me engañaron, pero antes de casarme,
el tipo era gay y además caza fortunas.

Joe__¡jajajá!, ah caray huerca, mira nada más, pos a
poco ¿si tienes mucha lana o ves muchas telenovelas?
Mirela, mirela, ¡jajaja! es broma huerca, no te creas.

Marissa__ yo no tengo una gran fortuna, el dinero es de mis padres.

Joe___woww ósea ¿que eres una pobre niña rica?

Marissa__pues digamos que si, la clásica niña rica, de la cual nadie se preocupa pues creen que el dinero soluciona todo.

Joe, percibe un poco de tristeza en el comentario de marissa y trata de hacerla sentir mejor.

Joe___ no te preocupes huerca, aquí tienes un amigo, sola no estas, y no se me ponga triste ¿ok?

Marissa___gracias Joe, eres muy amable

Joe__gracias las que te adornan chula. ¡jajaja!

Marissa__sabes, yo no quería entrar al Internet porque pensaba que era una tontería eso de platicar con gente que ni conoces, pero he cambiando la idea que tenia.

Joe__si te entiendo huerca, así pensaba yo también, pero me di cuenta de que todos caminamos por el mismo lugar y nos ayudamos, hay de todo, gente honesta y deshonesta también, pero a fin de cuentas pasas el rato y por lo menos por un momento, olvidas tus problemas y tu soledad.

Marissa___es cierto ahora lo comprendo, aquí siempre hay alguien dispuesto a ayudarte, el solo hecho de que te lean ya es bueno, porque yo veo que aquí la gente si te pone atención.

Joe___bueno huerca, no todos, hay gente que solo entra a jugar o a pasarla bien riéndose de los demás, por eso hay que tener cuidado.

Marissa__ si eso lo sé, aunque gracias a Dios a mi no me ha pasado, espero que no me pase, ¿tú ya has pasado por algo así?

Joe___pos la mera verdad, si huerca, por eso no confió mucho en esto.

Marissa___ ¿me quieres contar?, si se puede claro.

Joe____ claro huerca, mira un día conocí a una huerca aquí, platicábamos y la pasábamos bien, un día nos sentimos que estábamos enamorados, yo en realidad lo estaba, y decidimos conocernos en persona, nos vimos, nos gustamos y sentimos que nos queríamos mucho, yo empecé a hacer una casa, quería tenerla a mi lado y tener algo que ofrecerle.

Marissa___ y ¿que fue lo que paso?

Joe__ a eso voy huerca, resulta que por parte de ella no existía tal amor, así había conocido a varios y les decia lo mismo que a mi, así que todo se termino.

Marissa__ pero, ¿como lo supiste?

Joe__El dia que le di el anillo de compromiso, ella misma me lo dijo, ahí se acabo todo, quede muy dolido y jure no volverme a enamorar por este medio, así que yo solo entro a platicar y divertirme.

Marissa__te entiendo, muchas veces lastimamos a las personas, sin darnos cuenta realmente del daño tan grande que les causamos.

Joe ____ no te preocupes huerca, eso ya esta en el olvido, pero eso si te digo, ya no me creo de nadie que me diga que me ama, tengo las botas muy bien puestas, y ya no me dejo sorprender, asi que ni me lo insinues, ijajaja!

Marissa__ ijajaja!, Joe, eres muy agradable pero nunca digas de esta agua no beberé, porque es lo primero que harás...

Joe__no huerca, yo solo juego, ya no me creo de las huercas.

Marissa__si tú lo dices.

Joe__bueno huerca, pues yo ya me voy a dormir, llegue muy cansado del trabajo y ya tengo sueño, pero ahí te dejo mi correo para que cuando quieras me escribas, y otro día nos veremos para platicar, ¿te parece?

Marissa__si claro, ¿porque no?

Joe__¿oye huerca?.

Marissa__ Dime Joe.

Joe__si puedes mándame tu foto, me gustaría conocerte.

Marissa__si, Joe, cuídate bye

Joe__bye huerca, me dio gusto platicar contigo.

Marissa___gracias igualmente Joe

Marissa de nuevo a solas, piensa en las personas que conoció en la Internet, que son tan sensibles y humanas como ella, que también tienen sus problemas pero, a pesar de ellos, tienen la disposición de ayudarla aconsejarla, y darle su apoyo en esos momentos difíciles, apaga su pc y suena el teléfono, es su entrañable amiga Molly, quien se encuentra de viaje.

Hola Molly que gusto escucharte.

A mi también me da gusto Marissa, te escucho más tranquila ¿como estas? dime.

Pues quiero que sepas que me siento mejor, que seguí tu consejo de conectarme a la Internet y ya tengo amigos.

Que bueno Marissa, eso me da mucho gusto, te escucho muy entusiasmada. Tienes que contarme todo ¿eh?

Tengo que reconocer que tenías razón, puedes encontrar gente, de todo tipo, pero te puedo decir que los amigos que encontré, tienen un gran corazón, tengo pocos días entrando y ya tengo varios amigos.

Lo sabia Marissa, pero como te dije ten cuidado, hay de todo y no quiero que pases un mal rato, ¿ok?

No te preocupes Molly, tendré cuidado

Bueno, Marissa yo estaré ahí en unos de días más, y podremos platicar todo esto, me muero por saber todo lo que has hecho en todo este tiempo.

¡jajaja! Molly, no se que te quita lo curiosa, pero dime ¿cómo la has pasado? ¿que te pareció San Francisco?

Es un lugar de sueño Marissa, tenemos que regresar juntas, se que te va a encantar es un lugar muy romántico como a ti te gusta, con un paisaje hermoso, y con Steve aquí olvídate me la he pasado de pelos, pero, ya nos veremos para contarnos todo, y de verdad Marissa, me da mucho saber que ya estas mejor, me muero de ganas por verte, te extraño

Yo también a ti Molly, que bueno que ya pronto estaras de regreso.

Dime Marissa, ¿que has pensado de regresar a trabajar?

Aún no lo se Molly, no me siento del todo bien para hacerlo.

Solo piensa que eso te ayudara a mantener la mente ocupada, aparte de que necesitas estar en tu empresa sentirte bien, pero bueno, ya hablaremos de eso.

Ok Molly, cuídate mucho y gracias por llamar

Tú también cuídate, nos vemos pronto, te quiero bye.

Yo también a ti Molly, bye.

Marissa recuerda a sus tres amigos que conoció en la Internet, y piensa que aunque los tres son de diferentes lugares, y formás de pensar distintas, los tres, tienen algo en común, saben brindar su amistad y tratan de ayudarla para que no vea tan grave su problema, y eso le agrado de ellos.

Saber que a pesar de no conocerse, todos padecen del mismo mal, ¡soledad y mal de amores!, y que eso no les impide seguir con sus vidas, así que empieza a contemplar la posibilidad de regresar a trabajar, aún no se siente con muchos ánimos, pero sabe que ese día tiene que llegar, pues no puede estar eternamente encerrada y tarde o temprano tiene que enfrentar su realidad, y se queda pensando hasta que la vence el sueño.

Al día siguiente, se levanta más tranquila y con más ánimos, va directo a su pc que ya se ha vuelto en su vicio favorito, para buscar a uno de sus amigos, lo que aún no desea es contestar el teléfono a sus padres quienes han llamado todos los días y se mantienen informados por Martha, que por más que le aconseja conteste el teléfono no logra convencerla.

Marissa, tiene ganas de platicar con alguien lo que siente, y quien más que sus amigos sin rostro como ella les llama, ahora si prende su pc, con ilusión y se conecta pero, ahora no sabe a que salón entrar, pues no quiere que le vuelva a pasar lo mismo de entrar a un salón erótico, así que toma sus precauciones.

En esta ocasión entra a un salón para gente romántica , ya como toda una experta sabe que tiene que saludar y esta a punto de hacerlo cuando ve parpadear la tan mentada ventanita del privado, pero este ahora tiene un nuevo nick.

Bob__hola Martha ¿puedo platicar contigo?

A Marissa le llama la atención la manera tan educada en que la aborda y lo acepta.

Marissa__ ¡hola!, ¿claro, de que te gustaría platicar?

Bob__de ti, por ejemplo, ¿de donde eres? ¿A que te dedicas? en fin tú sabes ¿no?

Marissa__si,¡jajaja!, ya se, la clásica presentación, me llamo marissa Dowson, soy decoradora de interiores y tengo mi empresa de decoración, radico en Miami, tengo 26 años y ¿tú?

Bob__después de leer quien eres me da pena decirte quien soy yo, pero en fin mi nombre real es Manuel, soy de, Monterrey México, Miami debe de ser un lugar un muy bello.

Marissa__ si, si lo es, a mi me encanta, tiene lugares muy lindos pero lo que más me gusta, es el mar, me impacta su inmensidad y sus bellos colores.

Bob__eso me deja ver que eres muy romántica y sensible a las cosas bellas que la naturaleza nos regala

Marissa__así es, me encanta la naturaleza, el estar en contacto con ella me fascina.

Bob__que bonito hablas, ¿te puedo hacer una pregunta?

Marissa__claro las que gustes.

Bob__¿como eres física y sentimentalmente? si me lo quieres decir, es, solo para conocerte más.

Marissa, con su inocencia que la caracteriza decide mejor enviarle su foto para no tener que describirse, así que se la envía en ese momento.

Bob__¡woww! Marissa, eres una princesa

Marissa__¡jajaja! no exageres

Bob__no, no lo hago es verdad, ahora me puedes decir ¿como eres por dentro? ¿Como piensas? ¿Como sientes?

Marissa__ soy muy honesta, romántica, organizada, me encanta ayudar a mis amigos, era alegre hasta hace unos días.

Bob__¿porque dices eso princesa?, perdona que te llame así pero es de verdad así te veo, como una princesa.

Marissa__ mira, he pasado por cosas, muy desagradables.

Bob__¿me quieres contar? soy todo ojos

Marissa__¡jajajá!, ¿sabes algo?

Bob__dime.

Marissa__me caes bien, además quiero que sepas que me encanta cuando alguien me dice, ¡dime!, porque eso quiere decir que me esta poniendo atención cuando le hablo y eso me agrada.

Bob__pues ya sabes princesa, aquí tienes a alguien que te pone atención pero dime, que es lo que borro tu alegría.

Marissa__ mira soy la clásica niña rica a la que sus padres siempre le procuraron todo lo material habido y por haber, menos lo que yo realmente quería, que era su compañía, así crecí estos 26 años, en fin, hace poco estaba comprometida para casarme y mi novio no solo no me quería estaba a mi lado por el dinero de mi padre, aparte de ser gay y una persona bastante deshonesta, ¿imaginas ahora mi tragedia?

Bob__ups....pero velo positivo princesa, que bueno que lo supiste antes de que te casaras, si no imagínate, tuviste suerte, por lo de tus padres, así es la gente con dinero le da más valor a las cosas materiales, pero habla con ellos tal vez cambien.

Marissa__ya me acostumbre, así que eso no es tanto problema para mi, pero lo de Richard me dolió tanto que, he estado mal, ya no quiero ir a mi trabajo, perdí la fe en el amor, solo quiero estar aquí pegada a mi pc en la que ahora por fortuna, encontré gente buena que me entiende.

Bob__eres muy joven para hablar con tanta tristeza, dale tiempo al tiempo, el se encarga de poner todo en su lugar, eres una princesa muy sensible, no dejes que el dolor te haga vulnerable, lucha por salir adelante, ya te llegara el verdadero amor, ese tipo por lo que me cuentas no vale la pena, ni te merece.

Marissa se queda sorprendida por las palabras de Bob, pues es el primero que conoce que no quiere tener un romance con ella.

Marissa__ gracias por tus palabras Bob

Bob__ yo te voy a dar un consejo espero que lo sigas, mira regresa a tu trabajo, no hay nada como estar ocupado, porque es la única manera de ir superando las cosas malas que nos pasan.

Marissa__ tomare en cuenta tu consejo, la verdad es que si extraño mi trabajo, pero no quiero escuchar las preguntas de la gente.

Bob__ algún día lo tendrás que enfrentar y entre más rápido mejor, ¡Princesa!

Marissa__ tienes razón, si lo haré, ¡es más!, ¿sabes

algo?

Bob__dime princesa.

Marissa__iwoww! me encanta que me digas dime.

Bob__ ijajaja! Lo se princesa, así que, dime

Marissa __Tal vez pronto te buscare en mi msn desde la pc de mi oficina, creo que regresare a mi trabajo, necesito y quiero estar bien.

Bob__bien princesa, ya veras que no te vas a arrepentir, ahora princesa, lo siento mucho, porque estoy feliz contigo, pero me tengo que retirar, es que estoy en el trabajo y es mi hora de lunch, si al rato te encuentro por aquí seguimos platicando ¿si? ¿Me puedes dar tu correo para escribirte?

Marissa__si Bob y cuídate mucho.

Después de darle su correo, se da cuenta que ya son varios sus amigos, pensar que hace unos días no conocía a nadie, ni creía en esto del Internet, pero Molly tenia razón, es una manera de tener amigos y salir de la depresión, de la rutina, me gusta, es más abriré una ventana más y ijajaja! esto es un vicio, excelente terapia para no pensar en los problemas que me aquejan.

Así le da click a otra de las tantas ventanas que tiene prendidas.

Al__ Hola, Martha ¿de donde eres?

Marissa__ Miami y ¿tú?

Al__de Madrid, ¿lo conoces?

Marissa__ si es un lugar muy hermoso, he estado ahí un par de veces.

Al__pues ahora ya sabes donde estoy, ¿que haces por aquí?

Marissa__pasando el rato, estoy en la depre y esto me ayuda.

Al__ No me digas, mal de amores

Marissa__ ¡jajaja!... así es

Al__y ¿que es lo que te causa risa? ¿Yo, o que te adiviné?

Marissa__que me adivinaste, me causo gracia.

Al__cuéntame ¿te engaño tu marido?

Marissa__ ¡jajaja! nooo, no soy casada, soy soltera.

Al __¿entonces el novio?

Marissa__ así es, ya sabes esta de moda, Marissa repite como oración todo lo que le ha pasado, para que ¡Al! conozca su historia, pues tiene curiosidad por saber como piensa.

Al__dale gracias al Bendito Dios que te diste cuenta a tiempo mujer, así puedes estar más tranquila, imagínate ya casado contigo.

Marissa__lo se, pero no deja de doler, la verdad si me afecto mucho, por el engaño y porque lo quería.

Al__sabes que esa gente es así, no te dejes afectar mujer, vive la vida feliz, esa solo la vives una vez, así que disfrútala hombre, diviértete, conoce gente nueva, sal a tomar el fresco de la tarde, dale gracias a Dios por la vida, ¿El amor?... ese ya te llegará, eres muy joven para pensar que con esto, se te acaba la vida, échale ganas y veras que al rato te ríes de todo ¿vale?

Marissa__es lo que quiero hacer, ojala tenga las fuerzas para hacerlo.

Al__ lo harás, yo se que si, mira ya llega mi mujer pues quedamos de ir al cine, te leo después, dame tu correo para ponerte en mis contactos, yo siempre ando por aquí, hay veces que Zara esta conmigo, es mi esposa, ya la conocerás después.

Marissa__ claro que si Al, gracias y que la pases bien.

Como todas las mañanas desde hace algunas semanas Marissa entra a su msn, para ver lo que sus amigos le han escrito, ya han pasado varios días que no ha leído su correo, al entrar a su mail se da cuenta que todos sus amigos la han recordado y todos han escrito, sonríe feliz y empieza a abrirlos con curiosidad.

El primero que abre es de Jerry, su enamorado erótico, quien solo piensa en sexo.

Hola mi amada Marissa no he dejado de pensar en... ¡Mmmmmm! esas lindas caderas, ¡hmmm!, que piernas, que nena, no dejo de ver tu foto, espero verte más tarde en el msn para amarnos mi amor ¡woow! extraño a mi nenorra te veo más tarde ¿ok? cuídate Bom Bom.
Con amor Jerry.

Marissa, ríe divertida, y procede a abrir el correo de Ray, el arquitecto romántico de Puerto rico, que escribe poemas de amor.

Hola Marissa:
Quiero decirte que estoy desconcertado, aún no puedo creer que conocí a una chica tan dulce y bella como tu, anoche antes de dormir estaba observando tu fotografía, realmente eres muy bella he pensando mucho en ti y te escribí esto, espero te guste.

Mi musa del amor, imagino tu rostro bañado de sol
Las formás de tu cuerpo caminando sobre el mar
Y quisiera estar a tu lado, para enseñarte a amar.
Mi musa del amor, inocencia de niña, ternura de Dios.
Quisiera sentirte tan mía, amarte con pasión

**Recorrer todo tu cuerpo, y... fundirnos en uno
solo los dos.
Mi musa del amor, mi reyna, mi inspiración
Eres un ángel del cielo digno de admiración.**

**Espero te guste, cuídate te escribiré después
para decirte a que hora nos vemos, en una sala
especial que creare solo para nosotros, recibe
un beso, con amor para ti Ray.**

Marissa se queda muy sorprendida ante lo que acaba
de leer, nunca imagino que alguien pudiera escribirle
algo tan bello, a pesar de que no la conocía, se le
rasaron los ojos de lágrimas por la emoción, pero
sonrió feliz de saber que podía inspirar esos bellos
poemás, solo por lo que ella representaba y no por lo
que tenía, le dió gusto, era la primera vez que alguien
la veía desinteresadamente, piensa en voz alta.
Como me gustaría que estuvieras aquí Molly... para
contarte lo que me esta pasando, como ha cambiado
mi vida en tan poco tiempo.

Ahora es el turno de, Joe el abogado del paso Texas.

**Hola huerca bonita:
¿Que paso con la foto que me ibas a mandar?
no te había podido escribir, porque tenía unos
asuntos que resolver, pero ahorita que tuve un
ratito te escribo pa recordarte lo de mi foto
¿o que no?, ¿o no estas tan chula como
dijiste?, ¡jajaja!, no te creas, espero mi foto,
ojala nos podamos saludar más tarde cuídate,
un beso.
Atte. Joe. El vaquerito feliz.**

Marissa no sabe que es lo que esta pasando, pero siente que quiere mucho a todos sus amigos de la Internet aunque no se explica que efecto tiene este medio para que hacerla sentir eso, aún sin conocerlos personalmente.

Abre el siguiente correo que es de Bob.
Sorpresa ha recibido usted una postal de Bob, déle click en esta dirección:

Marissa da el click emocionada de ver que hay en la sorpresa, es un poema muy bello acompañado de una bella música de fondo.

Todavía
Todavía... Estás a tiempo de soñar
Todavía... Estás a tiempo de cambiar
Todavía... Estás a tiempo de crear
Todavía... Estás a tiempo de buscar
Todavía... Estás a tiempo de seguir un ideal
Todavía... Estás a tiempo de emprender un nuevo camino
Todavía... Estás a tiempo de sembrar
Todavía... Estás a tiempo de madurar
Todavía... Estás a tiempo de perdonar
Todavía... Estás a tiempo de amar
Todavía... Estás a tiempo de hacer que alguno de tus más preciados sueños se haga realidad
Toda la fuerza para que esto suceda, esta en tu interior.
con cariño Bob

Al terminar de leer el poema, es tal la emoción que le

causa que esta hecha un mar de lágrimas.
No puede creer que haya tanta bondad en una
persona que ni siquiera la conoce, pero que se
preocupa por ella, por hacerla sentir bien, en ese
momento lo único que desea es abrir su msn para ver
si lo puede encontrar y darle las gracias por su postal,
para fortuna de Marissa efectivamente ahí esta Bob en
línea, rápidamente le envía un mensaje instantáneo.

Marissa__¡Hola Bob!

Bob__ ¡Holaaa princesa!, que agradable sorpresa.

Marissa__acabo de leer tu correo, muchas gracias es
muy bello me emocionó mucho y me hizo sentir bien.

Bob__que bueno que te gustó princesa, solo quiero
que entiendas que nadie vale la pena, para que tú
estés triste y derrames lágrimas, eres muy joven
empiezas a vivir y mereces ser feliz.

Marissa__gracias por tu cariño Bob de verdad, ¿sabes?

Bob__ Dime princesa.

Marissa__me encanta que me digas, dime.

Bob__lo se princesa

Marissa__Te siento triste, lo puedo percibir en lo que
me escribes.

Bob__immm!, princesa, quiero darte ánimos y no lo
logro.

Marissa__no es eso, es que percibo cierta tristeza en tí, no me lo tomes a mal, es solo una observación... ¿sabes? eres el primer chico que conozco aquí, que no se las da de conquistador, no es porque pretenda que lo seas, es porque te siento tan distinto.

Bob__es que, Yo no tengo derecho a eso princesa

Marissa__ ¿porqué hablas así?

Bob__primero que nada, mi querida princesa, no soy un chico, soy un hombre.

Marissa__Discúlpame si te ofendí, ¡chico!, es solo una expresión hacia un muchacho, se que eres un hombre

Bob__no princesa, no me ofendes y además no tienes porque disculparte, soy yo el que está apenado contigo, no te mencione mi edad por temor a perder tu amistad, y que ya no quisieras conversar conmigo.

Marissa__ como puedes creer eso de mi, la edad no determina nada, los sentimientos son los que valen, eso no me importa. claro que conversaría contigo.

Bob__ me hablarías a pesar de saber que tengo 45 años princesa, comprenderás que para ti que eres muy joven, no soy un chico, soy un hombre y tal vez eso haga que te alejes de mí.

Marissa__ ¿que tiene de malo tu edad? todos llegaremos a ella ¿no?, haces mal en pensar que eso es un impedimento para que seamos amigos.

Bob__ ¿de verdad crees que no? Pensé, que era un viejo para platicar con una chica tan joven y guapa como tú, me doy cuenta que eres ¡Toda una princesa!

Marissa__no digas eso Bob, la bondad de las personas no esta en su edad, si no en su corazón.

Bob__gracias princesa, me haces sentir muy bien con tus palabras.

Marissa__ pero no me has contestado, ¿porque estás tan triste?

Bob__ otro día te lo contaré princesa ahora solo quiero que tú estés bien, que superes tu depresión.

Marissa__ ya lo estás logrando Bob, más de lo que te imaginas, es más, te tengo una sorpresa.

Bob__¿si, cual? princesa.

Marissa__ mañana ya iré a trabajar ¿que te parece?

Bob__ ¡que bien princesa! es la mejor noticia del día.

Marissa__no me gusta que estés triste, digas lo que digas se que lo estás y mucho.

Bob__ Mmmm princesa, no sabes como me encantaría tener 20 años menos, las cosas serian tan distintas

Marissa, percibe mucha tristeza en Bob y para hacerlo sentir bien le dice.

Marissa__ si ese es problema no te preocupes, si con eso dejaras a un lado tu tristeza hagamos de cuenta que eres 20 años menor, pero te quiero contento ¿si?

Bob__ijajaja! princesa, ojala fuera así de fácil, ¿no te das cuenta que podría ser tu padre?

Marissa__pero no lo eres, o ¿si?

Bob__ ijajaja! claro que no

Marissa__por lo menos, ya logré que rieras

Bob__es verdad, es que cuando estoy contigo, soy otro.

Marissa__me da gusto, pero ahora dime, ¿porque estas tan triste?, ¿qué es lo que te pasa, me lo puede contar?

Bob__otro día princesa de verdad, hoy no por favor.

Marissa__ok, como tu quieras, pero no te vas a salvar de decírmelo ¿eh?

Bob__ijajaja! esta bien, princesa

Entre frase y frase que Marissa y Bob se escriben, el le envía flores, besos y caritas felices, para expresarle sus sentimientos cosas que agradan a Marissa envolviéndola en ese mundo distinto al real.

Después de un rato de estar platicando con Bob siente

que lo quiere, pues puede percibir la nobleza de su corazón, y eso es lo que más vale para ella.

Bob por su parte toma muy en serio la relación que esta iniciando con Marissa, y sin ellos darse cuenta todo lo que empezó como un juego ahora es más serio de lo que ellos creen, pues en realidad están sintiendo que se quieren.

Bob__bueno princesa, no quisiera pero me tengo que desconectar.

Marissa__ no te preocupes yo entiendo, nos veremos mañana ¿si?

Bob__ si mi princesa y gracias por todo, cuídate te quiero.

Marissa__yo también te quiero Bob hasta mañana.

Al día siguiente, Marissa se levanta con muchos ánimos y como se lo prometió a Bob y a sus otros amigos se prepara para regresar al trabajo, pero ahora es una Marissa nueva, radiante feliz, sale de su recamara lista para ir a trabajar, Martha no puede creer el cambio tan radical y se lo dice.

¡Mi niñaaa! te ves preciosa y luces bella, feliz, diferente con un brillo hermoso en tu mirada y eso me da mucho gusto.

Estoy muy contenta nana, me siento feliz, tranquila, decidí decir adiós a la tristeza y la depresión.

Me da gusto mi niña, esa es mi muchachita, ya está listo tu desayuno.

Solo tomaré un jugo nana, comeré algo en la oficina, tengo trabajo atrasado y entre más pronto empiece es mejor.

Mi niña hermosa, me da tanto gusto que vuelvas a ser la de antes, por favor no dejes de comer, te has mal pasado mucho estas semanas, y me preocupas, a tus papás les va a dar tanto gusto saberlo.

No nana, no soy la de antes, soy mejor que antes y comeré no te preocupes, ah y no quiero que le digas nada a mis padres.

Pero niña, ellos han estado muy preocupados, no han dejado de llamar, pero respetaron el que tú no los querías ver, están muy angustiados, no les hagas eso mi niña.

No nana, no quiero que les digas, porque yo misma les daré la sorpresa, los llamaré, por eso no quiero que les digas nada.

Que bueno Marissa, ya decía yo que eres una mujer con muy buen corazón y no me podías fallar, anda que Dios te acompañe y todo te salga bien, me saludas a tus papás por favor.

Esta bien nana de tu parte, tu también cuídate y ya no te preocupes por nada, ¿ok? todo está bien.

Gracias a Dios mi niña, que tengas un lindo día.

Gracias nana bye.

Marissa sale feliz al llegar a su oficina, sorprende a todo el personal, todos estaban enterados de lo sucedido y pensaban encontrar una Marissa deshecha, triste, y al no ser así, los comentarios entre el personal no se hacen esperar.

 Marissa se da cuenta pero, se encoge de hombros, y se dirige a su despacho lista para reiniciar labores, lo primero que hace es prender su pc con la ilusión de encontrar a sus amigos e informarles que ya esta de nuevo en su oficina.

La secretaria la pone al tanto de todos los por menores que han acontecido desde que ya no se presento, así que Marissa se da a la tarea de empezar a sacar todo el trabajo atrasado, para ella es muy fácil ponerlo al corriente, pues aparte de que le encanta conoce perfectamente su negocio.

Después de una mañana sumamente ocupada y estar intercambiando platicas con sus amigos de la Internet, Marissa recibe una agradable sorpresa.

Mollyyyyyyy, que maravilla que ya estés aquí, no sabes como te he echado de menos.

¡jajaja! Marissa creo que me iré más seguido, es la primera vez que me recibes con tanto gusto.

No digas eso, sabes que no es verdad, ¡jajaja! me da

mucho gusto verte, tengo muchas cosas que contarte, pero dime, ¿como te fue, cuando llegaste?

Ya te contaré, te extrañe mucho, mejor tú dime ¿que paso contigo? te veo radiante y feliz, no lo puedo creer, ¡Eres otra!

La misma mi querida Molly solo que ya recuperada y más feliz, gracias a ti.

De que estas más feliz no tengo la menor duda, pero, dime, ¿que fué lo que hizo este cambio tan maravilloso? o más bien debería de decir ¿quien?

¡jajaja! Molly ya te dije, tengo muchas cosas que contarte.

Ya lo creo, ¿que te parece si nos vamos a comer? te veo muy desmejorada has perdido mucho peso ¡eh!

Un poco, solo déjame terminar este presupuesto y nos vamos, serán solo unos minutos.

Pero date prisa, porque aparte de que estoy hambrienta me muero de la curiosidad, porque me pongas al corriente de lo que has hecho.

¡jajaja! Molly, no cambias, eres la misma curiosa de siempre.

Más tarde, ya sentadas en un restaurante, platican tranquilamente.

Marissa le cuenta con entusiasmo de los chicos que

conoció en la Internet, ya ves que yo estaba renuente tú lo sabes, pero conforme fui conociendo a estos chicos me di cuenta que tenias razón, que es gente con problemas, soledad, con defectos virtudes y una serie de sentimientos tan iguales a las de otros.

Al hablar con ellos, siento como si los tuviera frente a mí, puedo sentir sus emociones, casi casi te podría decir que tengo años de conocerlos, pero, me pasa algo muy raro Molly.

¡jajaja! Marissa te escucho y no lo puedo creer, pero, me da gusto, a ver dime ¿que es eso raro que te pasa?

Dirás que estoy loca pero, siento que quiero a los cuatro todos y cada uno de ellos han hecho algo para que yo me sienta así.

¡jajaja! mira, es muy fácil que te confundas en esto, no tomes las cosas tan serias, yo te sugiero que los trates un poco más, sin comprometerte a nada, más adelante si tus sentimientos son verdaderos, entonces los tratas en persona y ves si en realidad es lo que tú crees.

Es que estoy tan confundida Molly, no sabría decirte quien me atrae más, mira por ejemplo, Jerry es muy simpático, muy pasional, ¡jajaja! no sabes cuanto con decirte que cada vez que nos conectamos según él, hacemos el amor virtual, ¡jajaja! yo siento que su realidad es que esta muy solo y trata de llenar sus espacios.

Marissaaaaaaa, ¡me sorprendes! ¿túuuuu? la señorita Dawson virgen de 26 años ¿haciendo el amor virtual? ¡¡jajaja!ja! no lo puedo creer, si que has cambiado.

¡¡jajaja!ja! claro que no hago eso Molly, es lo que Jerry dice, que lo que hacemos es el amor virtual, a mi se me hace algo inofensivo y me causa gracia, porque en realidad el lo imagina mientras yo estoy trabajando ¡jajaja! tú sabes que yo no estoy en eso, pero si con eso el se siente feliz, adelante que lo crea.

¡Ay! Marissa eres muy buena onda, en realidad se puede hacer el amor virtual, pero te tienes que concentrar e imaginarlo para poder sentirlo, en fin no entraré en detalles, porque quiero saber más de lo que has pasado, a ver cuéntame más.

Bueno pues siento que quiero a Jerry, porque el me provoca ternura siento que no es feliz , es una persona con problemas económicos, siempre esta preocupado por sacar los gastos para su familia, porque tiene hijos, una esposa la cual le exige dinero

El solo tiene la ilusión de conectarse para estar conmigo, se aferra a mi, siento que necesita tener un motivo para luchar y salir adelante, la verdad siento que lo quiero, me conecto con la ilusión de platicar con él, ayudarlo para que salga a trabajar con más ánimo.

¡Ay! marissa lo que pasa es que tú tienes un corazón de pollo, te involucras en los problemas de los demás, por eso sientes que tienes que estar ahí para ayudarlo pero, sígueme contando.

Pues mira eso es con Jerry, cuando me conecto con Ray, me derrite con sus poemas, es muy romántico, tiene detalles muy tiernos conmigo, con decirte que crea salones virtuales especialmente para nuestras citas y les pone cosas hermosas en la entrada, me encanta, es muy detallista, con el puedo platicar más acerca del trabajo y me entiende porque al igual que tú, es arquitecto, pues siento que lo quiero, por sus poemas, por sus detalles, por su manera tierna de hablarme, me envía postales virtuales de lo más romántico que te puedas imaginar.

Marissa cuantas cosas te han pasado en unas cuantas semanas pero, continua me tienes me tienes en babia ¡jajaja!.

Pues, lo mismo me pasa con Joe, el a pesar de ser tosco en su manera de hablar es muy amoroso, me encanta su franqueza, tiene un estilo muy particular de ver la vida, es un abogado famoso, pero con una sencillez increíble lo quiero, es un gran ser humano

¡jajaja! ¡ay! Marissa esto si no lo puedo creer, pero termina de contarme y veremos que hacer ¿ok?

El otro se llama Bob, es al que percibo con una profunda tristeza, siento que algo muy malo le pasa, aún no se atreve a contármelo, se que lo hará, trataré de ayudarlo porque también siento que lo quiero, no quiero verlo asi, primero tengo que saber que es eso que tanto lo entristece, y ver como lo apoyo.

Al__es un amigo incondicional, por el siento un cariño

de hermano, el ha sido muy lindo conmigo y me da consejos, es muy simpático y como está casado me cuenta de sus experiencias de pareja, es un amor.

¡Ufff!... por lo menos hay uno por el que no sientes amor ¡jajaja! es broma, mira yo lo que pienso, es que estas confundida, en realidad puedes sentir todo eso en el Internet, no te lo niego, pero tienes que aprender a no involucrarte con todas las personas que conoces, si no imagínate, polígama, ¡jajaja!, no ya en serio Marissa, tienes que tomar las cosas con más calma, no confundirte así, si en realidad deseas tener una relación seria y formal con alguno de ellos tienes que tratarlos un poco más y decidir con quien de ellos deseas estar, pero desde luego que no puede ser con todos, ¡jajaja!

Lo se, pero es tan difícil decidir, todos son, tan especiales, me siento enamorada de todos, y me siento muy identificada con ellos, los quisiera conocer más y tratar personalmente a todos.

Tratándolos más te darás cuenta quien es más semejante a ti, quien te miente y quien no, no quiero que vuelvas a pasar por otra desilusión, te quiero mucho, créeme no me gusto nada verte deprimida y triste, así que piénsalo muy bien y cuenta conmigo para lo que sea.

Gracias Molly, no te preocupes haré lo que me dijiste, tengo que conocerlos más a todos porque por ahora solo se que los quiero, pero tengo que saber más de ellos, ¡jajaja! ¿estoy muy loca verdad?

No Marissa, solo estas un poco confundida, pero vas a ver que todo cambiará si haces lo que te aconseje, es lo más sensato.

Gracias Molly, tú siempre tan dispuesta a ayudarme, te quiero mucho.

Yo también a ti Marissa lo sabes.

Pero ya hablamos mucho de mi ahora, cuéntame ¿como te fue a ti, que tal San Francisco y las cosas con Steve? ¡jajaja!

¡Ay! Marissa, pues te cuento que me la pase súper increíble, los padres de Steve son divinos y San Francisco es un lugar bellísimo, Steve sabes que es el amor de mi vida, y nos llevamos de maravilla, conocí muchos lugares lindos te recordé pues muchos de ellos son muy románticos, estuve en el golden gate es impresionante y tiene un sin fin de leyendas e historias que ni te imaginas tenemos que ir juntas se que te encantará.

Lo haremos, Molly te lo aseguro, pero no por ahora.

Si, no es el mejor momento, primero tienes que decidir quien estará en tu vida, ¡jajaja! quien me lo iba a decir ahora eres toda una adicta del internet,¡jajaja!.

Es como tú lo decías Molly, tiene un algo mágico que te envuelve, te atrae y cuando menos lo sientes ya no puedes estar sin depender de el, vamonos porque hablando del tema tengo que ver a Ray, a las 8:00 p.m. y ya son las 7:00pm.

¡jajaja! Marissa, si me lo hubieran contado no lo hubiera creído, está bien vamonos, que mi amiga tiene una cita con el amor en el ciber espacio ¡jajaja! solo un consejo más Marissa, no te apartes del mundo real, no puedes estar todo el tiempo en un mundo virtual, ¿me comprendes?

Si, pero por ahora es lo que me tiene feliz, es más honesto que lo real, por lo menos por ahora.

Está bien Marissa, entonces vamonos que tus ciber pretendientes te esperan ¡jajaja!

Molly esta feliz después de saber que Marissa va superando la crisis del problema con Richard, solo un poco preocupada por la confusión que tiene ahora, pues sabe lo aprensiva que es y no quisiera que volviera a pasar por otra depresión.

Bueno Marissa te veo mañana cuídate

Esta bien Molly trata de llegar temprano, mañana a la oficina, pues tenemos mucho trabajo.

Las dos amigas se van en sus respectivos autos, cada una a su cita con el amor, solo que en diferentes condiciones.

Marissa, va en su auto recordando a Ray que es con quien llegará a conectarse, ahora ve todo diferente, esta sonriente con muchos proyectos en mente.

Quien me lo hubiera dicho, hace algunas semanas

solo pensaba en morirme y ahora tengo la ilusión de llegar a platicar con un hombre al que siento que amo, me ha hecho ver la vida de otra manera es increíble esto que me esta pasando, es como un sueño, una locura, pero si esto es un sueño no quiero despertar, es uno de los sueños más maravillosos que he tenido es más, me pararé en esta tienda y compraré unas flores, el amor debe estar adornado de cosas bellas, ¡jajaja! cualquiera diría que estoy loca.

Se ve en el espejo y se dice, si, si estas loca ya hasta hablas sola, ¡jajaja! no será que te estas enamorando, ¡jajaja!, no lo se pero estoy felizzzzz.

Se detiene en una tienda a comprar una flores que vió en el aparador, Señorita me podría mostrar esas flores que tiene en el aparador.

Claro, con gusto, es un arreglo muy bello, tiene colores muy hermosos.

En realidad lo era, y en los colores preferidos de Marissa, tonos crema rosa y verde muy tenues elegantes como ella.

immmh! huelen delicioso y se ven muy frescas, me las llevo.

La vendedora se queda sorprendida y comenta: si son muy bellas pero... no son frescas, son artificiales aunque parecen de verdad.

¡jajaja! ¿como?¿ son de tela?

Si, se lo aclaro para que después no sienta que la engañé.

¡jajaja!, no importa me las llevo me encantaron, soy muy despistada y no me di cuenta que eran artificiales pero para mi tienen la belleza y el aroma de las naturales así que dámelas.

La vendedora le comenta, eso solo pasa con la gente que esta enamorada.

Si, es correcto, ¡jajaja! bueno muchas gracias por tu ayuda, que pases un lindo día.

Usted también señorita.

La vendedora se ríe cuando ve salir a Marissa y comenta con su compañera de trabajo, debe estar enamorada de alguien muy especial o loca para encontrarle aroma y belleza natural a las flores artificiales.

Si, este mundo esta muy loco, mejor ponte a trabajar.

Marissa llega a su casa y corre a su rincón preferido, donde esta su amiga y cómplice de sus noches de desvelo, pone sus flores a un lado, mientras se conecta va a ponerse su Pijama para no perder un minuto de su platica con Ray.

Marissa busca en su correo el mensaje de Ray.

Mí amada Marissa:
búscame en un salón que cree especialmente

para ti bajo el nombre ¡¡¡Marissa y Ray amor de verdad!!!

Marissa se emociona al leer el nombre del salón y se va directo a encontrarse con el, que ya se encuentra ahi y la recibe muy amoroso.

Ray__Hola mi dulce amor ¿como estas?

Marissa__muy bien Ray y¿ tú?

Ray__aquí feliz esperándote, no sabes las ganas que tenia de verte, te he extrañado mucho todo el día, no dejo de pensar en ti.

Marissa__me pasa lo mismo, ¿sabes? hoy llegó mi amiga Molly de sus vacaciones, y le conté de tí, no lo podía creer pues yo era anti, Internet, ¡jajaja! ¿lo puedes creer? y mírame ahora.

Ray__claro que lo creo amor, a mi me paso lo mismo y creo que puedes encontrar a alguien compatible contigo, se me hace increíble que sigas siendo virgen, no sabes como me gustaría estar cerca de tí. y enseñarte el arte de amar, pero... Aquí podemos empezar, si tú lo deseas claro.

Marissa__no estoy preparada para eso Ray, no me gustaría que no me tomaras en serio, y para mi nuestra amistad es seria, no quiero ser una aventura, quiero que nos conozcamos mejor.

Ray__amor es muy normal que una pareja que se ama tenga sexo.

Marissa__es que eso es precisamente lo que yo no quiero Ray, yo primero tengo que estar segura de lo que siento por ti y para eso necesito tiempo,¿lo puedes entender?

Ray__ok, te respeto, seguiré esperando, cuando estés lista, solo házmelo saber,¿si?

Marissa__Ray, creo que no me has entendido.

Ray__¿como? explícate por favor

Marissa__si, a mi no me gustaría hacer el sexo, lo que me gustaría es, hacer el amor pero, cuando realmente sienta amor por esa persona especial en mi vida, porque tener sexo es muy fácil, cualquiera lo hace, porque no ama, solo quiere sentir placer, ya sea por vanidad, por ego o por gusto, y eso a mi no me agrada, yo quiero hacer el amor, porque realmente amo a mi pareja y deseo estar juntos, en la misma entrega, en la misma dimensión ¿me comprendes?

Ray__lo leo y no lo puedo creer Marissa.

Marissa__¿te molesta? ¿qué no puedes creer?
¿qué una mujer como yo piense así en estos tiempos?

Ray__ no, me encanta saber que la persona con la que trato, tiene valores y es diferente a las chicas que había tratado hasta hoy por el contrario, te admiro y te respeto.

Marissa__gracias, sobre todo por entenderme.

Ray__no hay problema amor, yo sabré esperar a que haya esa química ¿sabes? te escribí algo hoy es que tú eres mi musa.

Marissa__gracias ¿me lo puedes enviar por aquí para leerlo?

Ray__claro, dedicado para ti con todo mi amor, se llama:
Amor de Mujer.
Amor....amor de mujer, amor que entrega
Amor que da, amor que aguarda, sin desesperar
Amor de ternura, amor limpio y verdadero
No sabes, cuanto... cuanto te quiero.

Amor infantil, amor inocente, amor transparente
Deseo desnudar tu escultura de mujer
extasiarme en tu cuerpo y sentirte en mi ser
Amor de niña...amor de mujer
Beber de tus labios, gota a gota el placer

Amor desinteresado, amor de ensoñación
Podré escribirte mi mejor verso, mi mejor canción
Amarte una y otra vez, es mi ilusión
Sentirte en mis brazos y darte mi calor.

Amor... Amor de mujer
no sabes como deseo, jamás dejarte de querer

Ray__es para ti con todo mi amor, ¿te gusto?

Marissa__es maravilloso, de verdad escribes muy lindo, me fascino, jamás me habían dicho cosas tan bellas, menos escribirlas para mí, de corazón te lo agradezco, lo copiare y lo guardare siempre.

Ray__gracias amor, no soy escritor ni poeta, pero tu me inspiras todo lo bello, todo lo que es amor, te amo y te admiro Marissa.

Marissa__no se que decirte, me dejaste muda, muy emocionada.

Ray__pues no digas nada amor, solo déjate llevar y déjame amarte como nunca nadie lo ha hecho, me encantaría estar a tu lado y abrazarte muy tiernamente, llenarte de besos.

Marissa__es muy bello todo lo que me dices.

Ray__es todo lo que tú me inspiras, estar contigo me hace sentir otro, Marissa, de verdad estoy enamorado de ti, y nada me encantaría más que fueras mía.

Marissa__yo también creo sentir que te amo, creo que podemos intentar tratarnos de otra manera.

Ray__¿de verdad amor? mira que me haces el hombre más feliz del universo.
Marissa__eres un amor, yo también soy feliz contigo.

Ray__mira amor, imagínate, que estamos descalzos caminando a la orilla del mar, que solo nos ilumina la luz de luna.

Marissa__si amor, lo puedo imaginar.

Ray__ imagina que traemos unas copas de vino en la mano y brindamos por nuestro encuentro, te beso en tus labios tiernos y exquisitos.

Marissa, que esta en su habitación y efectivamente ve el mar desde su recamara, imagina toda la escena y esta sintiendo todo eso que Ray le dice, es increíble la transformación que Ray esta logrando en ella, que realmente siente ese beso.

Ray__te tomo de la cintura y te acerco a mí para que sientas el calor que emana de nuestros cuerpos, y la aceleración de nuestros corazones, que provocan la pasión y el deseo, del uno por el otro.

Marissa__puedo imaginar todo lo que me dices.

Ray__dejamos las copas a un lado y nos empezamos a acariciar mutuamente, tiernamente te dejo caer sobre la suave arena y beso tu cara, tu cuerpo, te voy desnudando lentamente, estoy muy excitado amor, todo eso lo provocas tú, describeme que harías tú.

Marissa, se queda pensativa, pues no sabe que hacer, nunca ha tenido intimidad con nadie, así que ante ese problema decide decírselo a Ray.
Marissa__perdóname pero, no puedo

Ray__ ¿no puedes que amor?

Marissa__decirte cosas, jamás he estado con un

hombre, no se que hace en un caso así, me siento muy mal.

Marissa termina de decir eso llorando, comprende que no es fácil una entrega de ese tipo, ahora entiende que en realidad nunca ha hecho el ciber amor con Jerry, pues no sabe hacerlo, ni se atreve a escribir nada sobre el tema.

Ray__¿como? Entonces ¿es cierto que eres virgen?

Molesta con Ray por su comentario, le responde:

Marissa__ por supuesto que lo soy, que ¿acaso lo dudabas? creo que te dije que soy una persona muy honesta y no me gusta mentir, si te lo dije es porque es verdad.

Ray__ no es para que te molestes, imagínate como me siento yo, lograste excitarme y estoy en la oficina ahora como quieres que yo solo lo resuelva, estoy muy molesto contigo, dijiste que estabas preparada, y no es verdad.

Marissa__yo dije, que estaba lista para tratarnos de otra manera pero nunca hable de sexo, la verdad no me agrada nada tu actitud, no creo que yo merezca ese trato de tu parte.

Ray__ ¿sabes que? a mi tampoco me agrada la tuya, te buscare otro día ¿si?

Marissa__pero porque tomás esa actitud, acaso solo deseabas tener una relación intima conmigo y luego

¿desecharme?¿que te pasa Ray? no lo entiendo, eres otro y eso no me gusta nada.

Ray__mira tienes razón, no tengo porque tratarte así, discúlpame, pero lo que te dije es verdad, estoy en mi trabajo y me necesitan, yo te escribo mañana ¿si? y discúlpame.

Marissa__esta bien, como gustes que pases una linda noche

Ray, solo le contesta por compromiso pues realmente esta muy molesto por lo que paso.

Ray__ok ,amor, espera mi correo, un beso

Marissa__bye

Marissa se queda muy mal, se da cuenta que hacer el amor no es tan fácil como todos le decían, y que ella no tiene la menor idea de lo que se hace o se dice, así que con profunda tristeza reconoce que le falta mucho por aprender, con el animo por los suelos porque además no pensó que Ray fuera esa clase de persona, decide irse a dormir pensando que mañana será otro día.

No se que fué lo que pasó, todo iba tan bien, soy una estúpida moralista, algo tendré que hacer para que esto cambie.

No le es tan fácil cambiar su manera de ser y pensar, pues ella cree realmente en la entrega por amor y esto pues, es algo nuevo para ella y no sabe como reaccionar ante situaciones como esta, por un lado se siente anticuada y poco accesible pero por el otro cree estar en lo correcto.

Suena el teléfono, es su querida amiga Molly.

Hola Molly

Hola Marissa ¿que te pasa te escucho algo molesta?

Lo estoy molly

¿Se puede saber porque? se suponía que te ibas a encontrar con Ray ¿que pasó, te tiro plantón?

No, nada de eso, es que soy una anticuada Molly.

¡jajaja! que novedad ¿apenas te das cuenta?

Es en serio, no estoy jugando.

Ni yo, claro que lo sé, eso siempre lo discutimos, pero, ¿porque estas pensando eso?¿que fué lo que te hizo pensar así?

Pues mira Molly, estaba con Ray, en un salón que el creo para mi, empezamos a platicar muy bien sobre la pareja, me escribió un poema hermoso, me trato de seducir para hacer el ciber amor y me di cuenta de varias cosas.

Señorita Dawson, ¡me sorprende! ¿usted haciendo esas cosas? no lo puedo creer ¡jajaja! ¿de que se dió usted cuenta señorita Dowson?

Estoy hablando en serio Molly, me dí cuenta que mi pudor no me permite hacer ni sentir nada, pues no pude responderle a Ray, en el momento que tenía que ponerme un poco erótica o romántica, falle Molly, no me atreví a escribir nada, ósea, no pude, soy impotente.

¡jajaja! Marissa, porque aún no estas lista para eso, si no lo estas es porque no lo sientes, no amas a esa persona.

Si lo amo Molly.

¿Como lo sabes Marissa?

Porque, me hace falta conectarme para leerlo, saber de él, leer sus poemas, lo necesito y si eso no es amor ¿como se llama entonces?

A ver Marissa creo que estas viendo las cosas con mucho apasionamiento, y eso no es bueno, ya te había advertido que tus sentimientos se podían confundir, creo que estas en ese punto.

No entiendes, deseo estar con el, pero mi moral y mi pudor... me lo impiden.

¿Sabes algo Marissa? cuando tú amas a alguien , y vas a hacer el amor con el, no existen fronteras no hay pudor ni pena, ni moral, solo te entregas y ya, eso se da solo, hacer el amor no es cuestión de saberlo hacer, es cuestión de sentirlo.

No es tan fácil, como tú lo planteas Molly.

Cuando lo haces realmente por amor si Marissa, es así de fácil, por eso te digo que lo que te pasa es que aún no estas lista, porque tal vez si lo ames como dices pero ese amor aún no es tan grande para borrar tus obstáculos llamados pudor, vergüenza, moral o como los quieras llamar.

¿Crees que eso sea? es que me sentí tan, estúpida

No tienes porque, suele pasar si el realmente te ama sabrá esperar a que estés lista, si no, el se lo pierde, si es un amor de verdad te buscará para sentirte en persona no atraves de una máquina, tiempo al tiempo Marissa.

¿De verdad Molly? porque lo sentí muy molesto, como que se sintió despreciado.

Mira Marissa te va a sonar cruel lo que te voy a decir pero soy tu amiga, más bien tú y yo somos como hermanas hemos crecido juntas nos conocemos muy bien y yo no te puedo mentir, si el se molesto es porque lo único que el busca es hacer el ciber sexo y pasar un rato bien y si es así, el tipo no vale la pena.

No Molly, el no puede ser así, es muy dulce cuando me habla.

Molly interrumpe a Marissa para decirle, no te engañes haciendo castillos en el aire, es mejor que te des cuenta a tiempo, lo único que te puedo aconsejar es que no te claves y menos si el tipo no vale la pena

¿ok? ¿me prometes que tendrás cuidado?

Esta bien Molly, creo que tengo que pensar mejor las cosas, lo que pasa es que esto del ciber amor te hace transportarte a otro mundo y tal vez no permite ver las cosas como realmente son de cualquier modo gracias por tu consejo.

De nada Marissa y no me lo tomes a mal lo hago por tu bien ¿ok?, sabes que te quiero mucho, y no me gustaría que te volvieran a lastimar.

No te preocupes, eso no pasará, pensare mejor las cosas sin apasionarme como tú dices.

Me da gusto que tomes las cosas así Marissa, bueno, solo llame para saber como te había ido y desearte una feliz noche.

Gracias Molly, me cayo de perlas tu llamada créemelo me hubiera ido a la cama muy mal y no habría podido dormir, tu también descansa, nos veremos mañana en la oficina cuidate.

Pues que bueno que te llame, te veo mañana, bye

Marissa se queda pensativa y comprende una vez más que Molly tiene razón, pero, ¿como haré para no dejarme envolver en la magia del ciber amor? realmente siento que quiero a los chicos que he conocido, solo que de distinta manera, que cosas tan complicadas, son los porqués del amor, lo que no entiendo es ¿porque tiene que ser así? ¿porque no puede ser algo más real? ¿porque tenemos que estar tan lejos y a la vez tan cerca y sentir lo que le pasa al otro? como no involucrarme si siento como si los conociera de siempre, siento que los amo, a mi manera, pero los amo.

Dios mió ayúdame por favor, enséñame a entender si esto es una confusión o estoy realmente enamorada, porque eso es lo que yo siento, pero no se la diferencia, se va a dormir pidiendo a Dios que la ayude a resolver ese gran dilema en el que se encuentra, Dios mio cuantas veces y a cuantas personas no nos pasa que nos sentimos realmente atraídas y amadas por alguien de la Internet, podemos y llegamos a ser los seres más felices sobre la tierra y al igual que a mi a veces no sabemos diferenciar entre la realidad y la fantasía.

Lo que la mayoría tenemos en común es la soledad y las ganas inmensas de amar y ser amados, ganas de recibir un consejo o una palabra de afecto, pero esto del ciberamor tiene sus bemoles, sus complicaciones y muy pocos realmente han de encontrar su media naranja, pero, sabes que me encuentro en un momento de terrible confusión.

A la mañana siguiente Marissa llega a su oficina y lo primero que hace como ya es su costumbre desde hace un par de meses es prender su pc y busca a sus amores, al primero que se encuentra como casi todos los días es a Jerry, tal parece que este amigo no tiene otra cosa que hacer que estar pegado ala pc. pero veamos que sucede hoy.

Jerry_Hola Marissa mi amor, ¿como estas?

Marissa__Bien Jerry ¿tú?

Jerry__aquí amor, solo esperándote.

Pero la realidad es que Jerry tiene muchas
ciberaventuras con quienes tiene cibersexo que es
para lo único que entra al Chat aunque el se niega a
reconocer que se siente atraído por las mujeres con
las que se conecta

Marissa__me imagino Jerry, yo también quería
saludarte

Jerry__¿que te pasa nena? te siento algo diferente
hoy

Marissa__tengo algunos problemas Jerry, pero nada
importante.

Jerry__me imagino que de trabajo, pero ¿sabes
¿hagamos el amor eso te relajara y lo olvidaras,
imagina que te estoy desvistiendo y que te estoy
besando.

Marissa no quiere saber nada de ese tema y menos
después de lo que paso la noche anterior con Ray eso
de tener cibersexo no es lo de ella, así que mejor se
pone a revisar y firmar sus ordenes de trabajo, sin
dejar de contestar a Jerry para no herir sus
sentimientos, pero en realidad no lee lo que el escribe
esta tan ocupada que solo pone respuestas rápidas

como ok , good, súper, woww, me encanta, etc.
para que Jerry no se de cuenta que no le puede
poner atención en ese momento.

Por su lado Jerry quien realmente cree que Marissa lee
lo que escribe, está sumamente excitado escribiendo
cosas eróticas, cada vez más atrevidas, como es
costumbre.

Está tan concentrado en su conquista que no se
percata de que sus compañeros ya le están
preparando una de sus tantas bromas en complicidad
con el jefe, así que pasa por una situación simpática y
bochornosa a la vez, pues justo en el momento que
está llegando según el a la culminación del momento
de amor apasionado, entra el jefe a donde Jerry se
encuentra y dándole tremendo grito que lo asusta.

JEREMÍAS ¿a que hora piensas ponerte a trabajar?
¿que tanto haces en la computadora?

todos sus compañeros están observando la escena,
saben lo que hace en la internet y se empiezan a reír.

Jerry trata de cubrirse con su saco para que nadie se
de cuenta de lo que estaba pasando se levanta de su
silla, muy nervioso temblando asustado por los gritos
del jefe que lo sorprendió de nuevo en sus travesuras,
la escena, es de risa, para todos sus compañeros, el
jefe se le queda viendo y cree que quiere ir al baño.

Si quieres orinar ve pronto necesito que vengas a mi
oficina y me entregues tu reporte de trabajo.

Jerry que esta entre nervioso y apenado, corre al baño para arreglar su desastre y las bromas no se hacen esperar

Pobre Jerry, nadie desearía estar en sus zapatos, pero no entiende

El jefe y sus compañeros estaban de acuerdo para hacerlo pasar este mal momento y darle una lección a ver si así se le quita la maña de estar perdiendo el tiempo en esas tonterías y se pone a trabajar.

Jerry sale del baño con su saco amarrado a la cintura para tapar las evidencias de sus ciberaventuras.

todos sus compañeros están muertos de risa queriéndole quietar el saco y Jerry se aferra a el pues no quiere que lo descubran, pero el no sabe que está más que descubierto.

todos le hacen bromas y comentarios.
¡Ole! Mataor, ¿cuantos rabos ganaste hoy?
¡jajaja!, cuidado con las cornadas, ¿vale? ¡¡jajaja!ja!
arza mataor, arza la pata que me estas pisando ¡¡jajaja!ja!.

A Jerry no le causa nada de gracia las bromas de sus compañeros pero no le queda más remedio que aguantarse, pues además su jefe esta ahí.
No se que se imaginan estos gueyes Jefe, pero estaba trabajando en un presupuesto para un cliente.

Ya veremos Jeremías, ven a mi oficina con tu reporte.

Si jefe ahorita voy, y ustedes ya párenle ya estuvo suave .

Marissa por su lado no sabe nada de lo que pasa del otro lado de la pc. y sigue escribiéndole a Jerry para darle ánimos y salga a vender.

Marissa__ahhh, tú puedes Jerry, siiiiiii, biennnnnn

Jaime, uno de los compañeros de Jerry lee en voz alta lo que marissa escribe provocando más la burla.

Jerry, parece ser que tu cliente confía en ti , no lo entiendo muy bien, será que...esta ¿excitada?, ¡jajaja! ¿qué clase de seguro le ofreciste?
¿sexo seguro, lleno de placer? ¡jajaja!.

Jerry ya no ve el momento de que todos salgan de la oficina, pero el mismo provoco todas esas burlas, al fin todos sus compañeros salen dejándolo solo.

Jerry suspira con alivio y va presentarse ante su jefe, lo que no sabe es que todos sus compañeros lo están viendo por la ventana de la oficina y todos están muertos de risa piensan que, Jerry ya se merecía una buena lección para que se ponga a trabajar.

Marissa esta tan ocupada que no se acuerda que tiene a Jerry en línea cuando lo recuerda ya es demasiado tarde pues ya aparece: Jerry sin conexión.

por sus múltiples ocupaciones no le da mucha importancia, pero si ella supiera las que el pobre de Jerry paso, en fin justo en ese momento ya esta un poco desocupada entra Bob al msn, y lo primero que hace es saludarla muy amoroso.

Bob__Holaaa, ¿como esta mi princesa?

Marissa__bien Bob ¿tú?

Bob__muy bien princesa, pero dime, ¿que te pasa? te siento algo rara

Marissa__ ¿rara? ¿como?

Bob__si mi princesa eres tan dulce y linda que con solo tu saludo me puedo dar cuenta de que algo te sucede, ¿quieres contármelo?

Marissa__me sorprendes, de verdad, ¿como puedes conocerme tanto en tan poco tiempo?

Bob__porque eres muy transparente princesa y así, es muy fácil adivinarte.

Marissa__ que cosas dices, pero te lo agradezco

Bob__no me lo agradezcas, princesa, mejor dime ¿que es lo que te pasa? ¿como te puedo ayudar?

Marissa__lo que me pasa es muy complicado, creo que no me puedes ayudar.
Bob__deja que sea yo quien vea si puedo ayudarte.

Marissa__esta bien,mira lo que me pasa es que yo, soy virgen nunca he tenido una relación sexual y no tengo ni la menor idea de que se hace, que se dice o que se siente, ¿me entiendes?

Bob__¡de verdad! que lo certifico eres un ángel, no eres de este mundo, entre más te conozco más te admiro.

Marissa__en serio Bob te estoy diciendo la verdad eso me preocupa.

Bob__princesa yo también hablo en serio ¿sabes lo maravilloso que es para un hombre saber la clase mujer que eres? y en estos tiempos, donde ya se han perdido los valores ¿la moral?... Ni la conocen y para la mayoría tener sexo, es como ir a comer tacos.

Marissa__¡ay! Bob, es que me siento fuera de época no se si hago bien o mal,¿me entiendes? además tengo tantas dudas al respecto.

Bob__Mi princesa, mira la moral y los valores no son de época ni de moda, son de educación de principios y tú los tienes, y eso te hace más valiosa ante los ojos de todos los que te conocemos.

Marissa__ pero ya no se que tan bueno puede ser eso para mi

Bob__ no mi princesa, no dudes, esos valores y esos principios, son lo que te hace diferente, pero lo más importante son esos sentimientos tan bellos que tienes, a ver ¿que es lo que te preocupa? ¿no saber nada de sexo? Eso, se llama inocencia aún la conservas, y es maravilloso, pero puedes aprender lo que tú quieras respecto a ese tema.

Marissa__pero, ¿como, con quien? ¿quien crees que va atener la paciencia de ayudarme y enseñarme? a mis 26 años, ves que gran problema tengo.

Bob__¡Ayyy! mi princesa, ojala mis problemas fueran de la magnitud del tuyo, eso es muy sencillo de arreglar, en cuanto a ¿quién te puede enseñar? tu mami podría ser una de esas personas, con ella puedes disipar todas tus dudas, quien mejor que ella para aconsejarte y ponerte al día en todo esto.

Marissa__¿bromeas Bob? no te he contado que mi mamá solo tiene tiempo para los compromisos sociales de mi papá, y difícilmente puedo tener un dialogo de más de 3 minutos con ella por sus múltiples ocupaciones, es muy cariñosa muy linda bastante despistada, y nunca tiene tiempo ¿ves como no es tan fácil resolver mis dudas?

Bob__ si lo es mi princesa, entonces si tú me lo permites yo te puedo enseñar eso que tú tanto quieres saber, yo te ayudare a disipar tus dudas y a que entiendas las diferencias entre el amar y el querer, si aceptas yo estoy puesto para ayudarte.

Marissa__ ¿deveras Bob? ¿tú me ayudarías?

Bob__por supuesto princesa, eso ni lo dudes.

Marissa__gracias Bob, pero antes, dime algo

Bob__¿que quiere saber mi princesa?

Marissa__dijiste que tus problemas no eran de la magnitud de los míos ¿porque no me cuentas que te pasa?

Bob__pero princesa, mira eso no tiene solución, mejor resolvamos el tuyo ¿si?

Marissa__no, por favor cuéntame que es lo que te pasa, te he dicho que siempre que te leo te siento triste, se que algo pasa y quiero ayudarte, cuéntame por favor.

Bob__pasa mi princesa, que tú eres mi ilusión, lo que me vino a llenar de luz mi oscuro existir.

Marissa__pues ¿que eso tan terrible Bob? dímelo o ¿no me tienes confianza?

Bob__no es eso princesa, mi vida no ha sido nada fácil, me case hace 28 años siendo muy joven estaba estudiando y me sentí muy enamorado por eso dí ese paso tan importante, pero resulto ser un fracaso. Ninguno de los dos estábamos preparados para esa responsabilidad, así que no funcionó y nos separamos.

Marissa__y después, ¿que pasó?

Bob__pues yo tenía una amiga y confidente en la universidad donde estudiaba, nos hicimos muy amigos, nos contábamos nuestros problemas ella me propuso que rentáramos entre los dos un departamento y nos iríamos a partes iguales en los gastos, sin tener nada que ver sentimentalmente, pero tú sabes que eso no puede ser, el vivir juntos y sentirnos solos, la intimidad se dio, pero sin amor, al poco tiempo, su mamá empezó a intervenir en la relación y me salí de ahí.

Marissa__¿y?.

Bob__ella me busco, diciendo que ella si me amaba y que por favor nos diéramos una oportunidad, yo no la amaba, pero si sentía cariño por ella y al sentirme tan solo pues accedí, tiempo después tuvimos nuestra primera hija se llama Maribi y eso me obligo a casarme con ella, sin amarla

Marissa__ ¡ay Bob!

Bob__a pesar de que los problemas lejos de disminuir aumentaban, a los tres años vino mi hijo Alex, los problemas fueron creciendo y surgió el distanciamiento, pero hace más de un año me fui a un bar a llorar mi desgracia y me embriague hasta perderme, no se ni como llegue a mi casa.

Marissa__y ¿qué paso?

Bob__el caso es que se dió la intimidad con ella de nuevo, y ahora tengo un bebé de dos meses de nacido, pero después de aquel día, jamás la volví a tocar, eso te lo juro, hace poco llegaste tú a mi vida y por eso te digo que eres mi amor imposible, porque no tengo nada que ofrecerte, solo mi amor y se que después de esto me dejaras de hablar, pero no me sentía honesto en ocultarte esto tan importante, porque yo si te amo de verdad, se que soy un loco porque casi podría ser tu padre, pero no lo puedo evitar mi princesa.

Marissa__no se que decirte.

Bob__después de eso mi esposa abuso de la situación, ahora para ella solo soy un proveedor, y la sirvienta de la casa, pues ella tuvo que entrar a trabajar para ayudarme con los gastos de la casa, pero en sus ratos libres se sale con sus amigas de paseo tiene sus parejas y yo me quedo al cuidado de los niños. En pocas palabras me perdió el respeto, eso ya no es vida mi princesa y si no la he dejado es por mis hijos, porque los amo con toda mi alma y si no fuera por ti, no se que seria de mi, eres todo para mi princesa.

Marissa__uff, la verdad es que me dejas muda ante esto que me cuentas, pero yo pienso que tus hijos tienen que ser tú razón de vivir...ellos, tienen que ser lo más importante en tu vida.

Bob__ y lo son princesa, pero tú también lo eres, dirás que soy un loco pero me enamore de ti, de tu ternura, de tu belleza, aunque estoy consciente que no te merezco.

Marissa__se que eres un buen padre eso se nota, pero, ¿porque no arreglas las cosas con ella? yo creo que es mejor una verdad por dolorosa que esta sea a fingir algo, que en realidad estás muy lejos de sentir, eso no es bueno ni por ustedes ni por tus hijos, eso los lastimara a la larga.

Bob__lo se princesa, pero yo no podría vivir pensando que algo les falta, que están mal cuidados, o mal alimentados, se que les hago falta.

Marissa__desde luego que les haces falta, pero, ¿te has puesto a pensar el infierno que será para ellos más adelante con esta situación? por otro lado ¿como puedes dormir con alguien a quien no amas?

Bob__no mi princesa yo tengo 3 años durmiendo en el cuarto de mis hijos, con ellos es con quien duermo solo estuve con ella ese día que te dije, fui un bruto, el hombre más débil y mira ahora las consecuencias

Marissa__¿y no te has puesto a pensar que esa situación no es sana para nadie? ¿que le debes de dar una mejor solución a eso? no se, podrían tomar una terapia familiar, tal vez algo se pueda rescatar de todo esto.

Bob__no mi princesa para que algo de esto tuviera solución tendría que haber amor, y no lo hay por ninguna de las dos partes.

Marissa__no entiendo ¿porque soportar una situación así?

Bob__yo lo único que quiero es no perderte princesa pero si tú decides dejarme después de esta confesión lo entenderé, no tengo derecho a destruir tu vida, tus ilusiones, mal o bien yo ya viví mi vida y no tengo derecho a frustrar la tuya.

Marissa se siente muy triste por lo que Bob le ha contado y como siempre con su buen corazón decide ayudarlo.

Marissa__no digas eso, yo no me alejaré de ti, al contrario ahora siento que te quiero más y te admiro por ser el gran hombre que eres.

Bob__ pero, ya no hablemos de eso princesa, ya veré que solución le daré pues ahora que te conozco, y que se que me aceptas como soy y con mis problemas te prometo darles solución y luchar por ti mi princesa.

Marissa__más que por mi, lucha por ti, por tus sueños por tus ideales y tu felicidad, esa, tiene que ser tu mejor lucha ¿ok?

Bob__si princesa te lo prometo, me haré merecedor de tu amor.

Marissa__ese, ya lo tienes, solo quiero que seas feliz

Bob__ya lo soy princesa, desde que tú llegaste a mi vida.

Marissa__gracias por tus palabras y por confiar en mí

Bob__pero bueno princesa, no olvidemos lo tuyo, yo te prometo enseñarte todo lo que tú quieras.

Marissa__ gracias Bob se que lo harás ¿pero sabes algo?
Bob__dime, princesa

Marissa__wow, como me encanta que me digas, dime. ¿sabes? aquí esta Molly la culpable de que nos conozcamos.

Bob__ah pues preséntamela, tengo mucho que agradecerle a esa maravillosa Molly mi ángel también ustedes son mis Ángeles.

Marissa__¡jajaja! eres un loco encantador, pero esta bien te la presento ahora será ella quien escriba, ya te conoce por lo poco que le he platicado de ti así que te la paso, ¿ok? mientras yo firmo unos papeles que tengo que enviar por correo.

Bob__ok mi princesa, gracias

Molly__hola Bob, soy Molly la amiga de Marissa

Bob__hola mi querida Molly, si no te molesta que te llame así claro

Molly__¡jajaja! claro que no

Bob__quiero agradecerte, por ti conocí a mi princesa.

Molly__no yo creo que eso se lo debes a Dios y al destino ellos la pusieron en tu camino

Bob__ pero si tú no la hubieras convencido de entrar al Internet yo no la hubiera conocido

Molly __ah bueno en eso si tienes razón, solo te pido que no la lastimes.

Bob__de ninguna manera molly, yo la amo de verdad

Molly__¡jajaja!! ustedes están locos, como pueden

decir eso en el poco tiempo que tienen de conocerse.

Bob__parece imposible Molly pero pasa

Molly__bueno eso ya lo veremos tiempo al tiempo como dice la abuela de Marissa

Bob__esta bien Molly ya lo veras, me dio gusto conocerte, espero que también seas mi amiga, más bien mi ángel Molly

Molly__¡jajaja! ok Bob, el gusto también es mio, bye te paso a Marissa.

Bob__gracias, Molly

Marissa__¿que pasó Bob?

Bob__mi princesa me tengo que retirar pero mañana hablaremos de tus clases ¿ok? no creas que se me olvida

Marissa__ ok te buscaré a la misma hora.

Bob__princesa te mando besos bye.

¿Sabes? Molly, siento que realmente amo a Bob y lo siento muy triste, si de mi depende lo haré feliz.

Molly con la paciencia que la caracteriza, le dice Marissa, te dije que tuvieras cuidado de no involucrarte en los problemas de los demás y es lo primero que haces, no te das cuenta que Bob, podría ser tu padre, casi te dobla la edad, y lo que tiene que correr de tu cuenta es tu propia felicidad.

Es que la edad no es importante, ni obstáculo para amar a nadie, yo realmente lo amo Molly.

Marissa, ojála no te equivoques, yo se que nada puedo hacer por que cambies de opinión, pero solo te pido que lo pienses bien y que veas las cosas con más cordura.

¿Sabes Molly? que cuando más mal y triste me sentí el estuvo ahí, me acompañaba con su platica, me enviaba correos que me levantaban mi autoestima, y a pesar de el tener grandes problemas, solo se preocupo porque yo estuviera bien.

Eso es precisamente lo que me asusta Marissa, que solo sea agradecimiento lo que sientes por el y estés confundiendo tus sentimientos, veo que esto lo estas llevando más en serio de lo que yo pensaba.

No Molly, en verdad siento que es parte de mi vida, y si se que no es agradecimiento estoy segura que es amor lo que siento por el.

Pero también dices sentir amor por Joe y por Ray, y por Jerry, por eso me atrevo a decir que estas confundida, en realidad solo estas enamorada del amor y sientes que los amas a todos, porque, es tu afán de protección a los demás, no te confundas, piensa bien las cosas, no le puedes resolver la vida a todos.

Molly es que si estuvieras en mi lugar y los trataras

como yo lo he hecho, claro que te enamorarías de ellos, todos tienen algo interesante y lo que tienen en común son sus sentimientos hacia mi, se que no puedo amar a los cuatro y que tendré que decidirme por uno de ellos, pero, no se como hacerlo sin que los demás salgan lastimados, pero no se me hace honesto andar con los cuatro, ni crearles falsas ilusiones, pues los cuatro quieren conocerme en persona.

Eso, es lo más cuerdo que he escuchado, es lo que debes hacer, conocerlos en persona uno por uno tratarlos, no tienes porque tener una relación más seria que una buena amistad y después decidir si realmente amas a uno de ellos, y quien es con el que realmente quieres estar, así ni lastimás a los demás, ni te lastimás tú que eres quien realmente me importa.

ufff Molly, creo que me espera lo más pesado de todo esto, pero saldré adelante.

Eso espero Marissa, pero por lo pronto, pongámonos a trabajar hay muchas cosas atrasadas, y los clientes están furiosos, y como comprenderás no les puedo decir que es porque nuestra queridísima decoradora esta de ciberromance ¡jajaja! ¿vamos a ver las obras? para que me des tu opinión.

Marissa, ve a su amiga con la mejor de sus sonrisas, cosa que había olvidado en los últimos días, claro vamos a donde tu quieras, necesito respirar aire fresco y poner en orden mis ideas, para ponerme las pilas y que nuestro trabajo salga de lo mejor.

¡jajaja! lo veo y no lo creo Marissa Dowson, tú

siempre tan ecuánime tan dueña de ti y mírate, toda confundida en el valle del amor, bueno vamos a ponernos las pilas, pero nada de diseñar espacios para la pc ¿ok? ¡jajaja! creo que en eso enfocas tus ideas últimamente.

¡Ay!, molly tú siempre tan bromista, ¿pero sabes? no es mala idea, ¡jajaja! creo que todos nuestros clientes deberían de tener un espacio en casa, para su pc, te imaginas, la sala del amor ¡jajaja!

Las dos amigas salen abrazadas de su oficina listas para ir a trabajar, la secretaria de Marissa que las observa, comenta con otra empleada que le gustaría tener una amiga así.

Molly y Marissa, pasan casi todo el día trabajando visitando a sus clientes haciendo, presupuestos y demás, ya alrededor de las 5 de la tarde.

Marissa, estoy rendida, creo que por el día de hoy ya fue suficiente lo que hemos trabajado, vimos más clientes que lo que hacíamos antes.

¿Que propones Molly?.

Que vayamos a comer algo, me muero de hambre Marissa, y tú nunca piensas en comer.

¿Sabes que te propongo? Molly

Si no me lo dices, no se, pero que no sea quedarnos sin comer eeeh.

¡jajaja! claro que no Molly, mira pasemos a comprar algo de comer y de ahí nos vamos a la playa como cuando éramos niñas ¿recuerdas?

Como olvidarlo Marissa, si hemos pasado momentos muy hermosos ahí, recuerdo, cuando nos regañaban porque habíamos sacado una mala nota, o habíamos hecho una travesura, ese era nuestro refugio, ¡jajaja! recordé algo

¿Que recordaste molly?

El día que no te querías comer los huevos tibios que te preparo Martha y los pusiste en la bolsa del saco de tu papá, este enfureció contra ti y tu mamá ordeno a Martha que te preparara otra ración, y corrimos a escondernos a la playa, ¡jajaja! Martha salió a buscarnos y ...

Marissa repite al mismo tiempo que ella, me los tuve que comer enfrente de mis papás, y llevar el saco a la tintorería, ¡jajaja!

Ahora nos da risa, pero recuerdo como lloré en esa ocasión y hasta me enferme del estomago, ¡jajaja!

¿Sabes? Marissa, me parece muy buena tu idea, ¡vayamos a la playa!.

Las amigas, pasan a comprar algo de comida y estacionan su carro lo más cerca de la playa, las dos sin ponerse de acuerdo salen de carro, se quitan los zapatos y comienzan a correr a lo largo de la playa cómo niñas, la tarde es muy hermosa y aún hay sol, los colores del mar del caribe son tan hermosos, aquella escena es maravillosa, dos lindas chicas en una playa hermosa con tintes diferentes de azul en el agua cristalina del mar y una puesta de sol bellísima.

Las amigas comienzan a jugar con la arena, Molly quien es la más bromista le arroja arena a Marissa en la cabeza, esta le responde igual, y empiezan a correterse aventándose la arena, las dos terminan empapádas dentro del mar, sin importarles sus caros vestidos ellas solo están disfrutando el momento, entre risas y carcajadas pasan un muy buen rato, como cuando eran niñas.

Cuando se dan cuenta, ya es de noche.

¡jajaja! ¿Molly ya te diste cuenta que ya obscureció?

Si Marissa, igual que cuando éramos niñas ¿recuerdas? Martha salía a buscarnos, y después de una buena ducha nos daba de cenar yo a veces me quedaba a dormir en tu casa, otras con mucha tristeza me iba a la mía, que tiempos aquellos Marissa.

Así es Molly ¿sabes? tengo nostalgia, hay veces que quisiera que esos tiempos regresaran, ¿por qué no nos quedaremos pequeñas más tiempo? para retrasar el sufrimiento que la adultez te da.

Porque si no fuera por esos sufrimientos, no valorariamos los buenos momentos ni tendríamos experiencia en la vida y recuerda que tenemos que vivir todas nuestras etapas, es como una metamorfosis, la vida es bella Marissa, es solo como tú la quieras vivir.

Lo sé Molly, pero a veces es muy difícil tomar decisiones por fáciles que parezcan, ¿no lo crees?

Así es, ¿recuerdas cuando tomamos la decisión de independizarnos de nuestros respectivos padres?

Bueno Molly, en eso si tú fuiste, la más fuerte pues lo hiciste primero y eso creo que fué lo que me motivo a mi años después.

¿Dime algo Marissa? ¿no crees que ha valido la pena todo lo que hemos vivido?

Claro que si Molly, nos ha servido mucho, pero, ¿no negaras que es más lindo ser niña? cuando tu única preocupación es tu escuela y la barbie de moda, ¡jajaja!.

Es verdad Marissa, pero recuerda que tu eras la niña barbie, a mi me gustaba más Ken, ¡jajaja!

¡jajaja! Si la tremenda Molly, ¡Gracias por ser mi amiga! y estar siempre cuando te necesito, ayudarme y apoyarme, gracias por estar hoy aquí.

Gracias a ti Marissa por dejarme ser tu hermana, ¡pero!, no nos pongamos sentimentales ¿ok?

Tienes razón y menos después de esta tarde tan grata que hemos pasado

Marissa vuelve a aventarle arena en la cabeza a Molly

y sale corriendo hacia el auto, ¡jajaja! Ahora si te sorprendí, ¡jajaja!

Molly, agarra más arena y sale corriendo atrás de su amiga, ¡jajaja! me las pagarás, tramposa, ¡jajaja!

En el auto las dos amigas, comen lo que habían comprado, parecen dos niñas traviesas escondiéndose de los papás para comer comida chatarra.

¡jajaja! si tu nana nos viera se muere, con lo que siempre cuida la alimentación de su niña, ¡jajaja!

Ya se le ha quitado un poco esa manía, creo que ahora no se espantaría tanto ¡jajaja!

Marissa... ¿ya viste tu carro? esta lleno arena, ¡jajaja! ¿Pasamos al auto lavado a aspirarlo?

¡jajaja!, no Molly ¿para que me bañes con la manguera del agua como hacías antes? creo que no, me estoy muriendo de frió, mejor vamonos ya, mañana será un día muy pesado de trabajo.

¡jajaja! Marissa, como me conoces, esta bien déjame en la oficina para que recoja mi auto.

¿Sabes algo Marissa? me la pase genial, ojála repitamos más seguidos estas tardes, lo digo de verdad

Se repetirán Molly, yo también la pase muy bien. Al llegar al lugar donde molly tiene su carro las dos amigas se despiden quedando en verse a la mañana siguiente.

Marissa va rumbo a su casa, y en el camino va recordando, cosas que vivió en su niñez con Molly, algunas muy agradables y otras no tanto, pero al fin de cuentas una niñez muy divertida al lado de su amiga a quien Marissa considera como la hermana que nunca tuvo.

Marissa llega a casa, va directamente a su vicio de la Internet, para abrir su correo, se encuentra con la grata sorpresa de que le escribieron, Joe el abogado y Ray el arquitecto de Puerto Rico, así que ni tarda ni perezosa abre sus correos el primero es de Ray pues no sabe nada de el desde la vez que intentaron hacer el ciber amor.

Querida Marissa:
perdona que no te escribiera antes, pero tuve un problema familiar, te espero el próximo domingo en un salón que crearé para ti que llevara tu nombre, no olvides nuestra cita por favor, a las 5:00 p.m.
tuyo Ray.

Marissa, se pone feliz de leer ese correo pero apenas es jueves, faltan 3 largos días para poder aclarar las cosas con Ray.

Como suele hacerlo últimamente habla consigo misma, ¡uff! Marissa, de veras que estas loca hace unas horas jurabas amor a Bob, y ahora te alocas con el mail de Ray, esto no es normal tienes que poner en orden tus ideas, no es correcto que ames a cuatro hombres al mismo tiempo, estas loca.

ayúdame Dios, necesito tomar una decisión quien será el mejor para mi, ayúdame a decidir quien es amor de mi vida, porque en estos momentos siento que amo a los cuatro.

Marissa abre el correo de Joe, su abogado del Paso Texas, a quien le gusta ser más directo y no aparentar lo que no es.

Hola preciosa:
quedaste de enviarme tu foto y no lo has hecho, espero recibirla pronto, solo escribí para saludarte cuídate ¿ok?
saludos Joe: el vaquero feliz.

Marissa se queda pensando, este no me habla de amor, pero siento que lo amo porque tiene algo, no se que es pero me atrae, tal vez sea su honestidad o su forma de decir las cosas.

Le dan ganas de platicar con Al, su amigo de España así que lo busca en el msn y con la suerte de que lo encuentra, quiere pedirle un consejo de hombre, ya que ella confía en él porque no la ve con ningún interés que no sea el de un amigo o un hermano mayor.

Marissa__Hola Al, soy Marissa ¿me recuerdas?

Al__Holaaa; claro mi querida marissa como no recordarte, eres mi amiga de Miami.

Marissa__si Al, que bueno que me recuerdas

Al__¿y como estas Marissa? ¿ya estas de mejor ánimo? Hace tiempo que no te leia.

Marissa__si Al, gracias por preguntar, habia estado un poco ocupada con el trabajo, solo que quiero contarte algo, ¿tienes tiempo?

Al__claro, siempre tengo tiempo para ti amiga ¿que es lo que te sucede?

Marissa le cuenta a grandes rasgos su dilema en las cuestiones del amor sin ocultarle nada le cuenta detalladamente, como conoció a Joe, Ray, Bob y Jerry, de su confusión de que siente amor por los cuatro aunque Joe no le ha dicho nada al respecto, pero ella siente que lo ama por sus platicas amenas y divertidas con el.

Marissa__ Así que recurro a ti mi querido amigo porque no se que hacer, siento tantas cosas, son tantos sentimientos encontrados que no se que es lo correcto y que no, estoy mal, pero ahora es otro tipo de malestar, ¿me entiendes?

Al__¡jajaja!, no me sorprende lo que dices Marissa, claro que te entiendo, te diré algo

Marissa__si dime

Al__Mira, esto del amor por la Internet es algo como mágico, te hace sentir que realmente amas a la persona con quien estas platicando, pero yo te hago una pregunta, ¿como puedes sentir amor por alguien a quien no conoces? ¿que no sabes como es realmente?.

Marissa__Yo percibo que ellos son gente buena, através de sus líneas me doy cuenta la clase de persona que son, como sienten, como piensan y eso es lo que me hace sentir que los amo, pensaras que estoy loca

Al__ijajaja!, pues si, un poco, me doy cuenta que estas muy confundida y tienes que tener mucho cuidado, no se trata de percibir, mira si estando cerca de tu ex novio y haberlo tratado más de un año, no te dió la oportunidad conocerlo bien, pues ya viste lo que te pasó, los hombres damos una cara y no todos son 100% honestos, por eso tienes que tener cuidado, te lo digo como amigo, y porque te quiero.

Marissa__pero, ¿entonces? ¿como puedo realmente conocerlos? ¿saber quien es realmente sincero? ahora, por otro lado si todos son, como yo lo creo ¿que va a pasar Al? ¿que voy a hacer? ¿ves que gran problema tengo ahora? ¡ayúdame! ¿tú que harías en mi lugar?

Al__¿yoo?, le daría un click en apagar el equipo a mi PC y asunto olvidado, ¡ijajaja!ja! mira la única solución que le veo a tu problema es que, los conozcas en persona a todos, después de tratarlos decides, cuál es que tú quieres que este a tu lado, por lo que me cuentas, creo que no es fácil decidir.

Al__porque será tu corazón y tu cabeza quien te diga quien debe estar en tu vida, si eso es lo que quieres

¡claro esta!

Marissa__lo se Al, Molly me aconsejo lo mismo, creo que eso haré, tratarlos un poco más y después en persona, así me desengaño de una vez por todas, aunque.

Al__ aunque ¿que Marissa, que piensas? es por tu bien

Marissa__si, pero te imaginas si al tratarlos, conocerlos y saber más de ellos sigo en la misma confusión, ¿que pasara Al?

Al__¡jajaja! Marissa, no puedes tenerlos a todos eso te lo aseguro, no te apesumbres más, solo deja que las cosas sigan su curso y llegado el momento se que sabrás como resolverlo.

Marissa __Gracias Al, por confiar en mi.

Al__ y ahora mí querida amiga, si no me necesitas más me retiro pues ya llego Zara mi mujer para ir al cine, pero ¿sabes? le tengo una sorpresa mejor

Marissa__ ¿cual? me encantan las sorpresas

Al__Hace mucho que no la invito a bailar y le encanta, así que la llevaré a cenar a un lugar muy romántico y de ahí la llevaré a bailar.

Marissa__que bien Al, que lindo ser una pareja como ustedes, no importa el tiempo juntos, solo es darle calidad.

Al__ así es mi querida Marissa, calidad es el secreto así que te dejo y espero verte pronto para que me cuentes, como te fué y que decidiste hacer ¿vale?

Marissa__ Vale Al y gracias por tu tiempo y tus consejos, cuídate.

Al__tu también, chao chao, un beso

Marissa__ igual para ti Al, bye.

Marissa, se queda pensativa, como me gustaría tener una pareja como Al, para salir juntos, a bailar a disfrutar de una cena romantica, ver la luna, caminar por la playa tomados de la mano, pero, tengo que ser realista.

Mejor opta por ponerse su pijama e irse a dormir, pues la esperan muchos compromisos de trabajo.

Al día siguiente se levanta muy temprano para empezar su nuevo día al estar en la cocina tomando su jugo de frutas un poco carrereada como siempre pues el tiempo apremia, recibe la llamada telefónica de Molly.

¿Molly? no te vas a morir estaba pensando si ya estarías lista, recuerda que hoy tenemos varias citas fuera de la oficina.

Así es Marissa, yo también te llamaba para lo mismo con eso de que ahora eres una ciberchica, pensé que estarías muy ocupada con tus citas románticas.

¡jajaja! Molly, que ocurrencias las tuyas, te veré en la oficina ¿ok?

Ok, Marissa allá te veo chao.

Marissa se apresura a salir de casa, como todos los días desde hace unas semanas va en su auto, escuchando la música que le recuerda sus romances del Internet.

Soñadora como es, va imaginando como serán en persona sus amigos del Internet. si la trataran de la misma manera, si serán igual de honestos, tiene tantas preguntas sin respuesta, pero decide que muy pronto se las encontrara, pues piensa seguir los consejos de Molly y de Al y tratarlos en persona.

Cuando llega a la oficina, Marissa recibe de manos de su secretaria todos los pendientes del día, horario de sus citas, documentos por firmar en fin, es todo un movimiento de personal, la oficina es moderna pero sin perder lo conservador y elegante tiene una hermosa vista al mar que tanto le encanta, con grandes ventanales y es bastante acogedora.

Marissa empieza a hacer las llamadas telefónicas pendientes, eso si, sin dejar de prender su pc, pues sabe que ahí encontrara a Bob esperándola, así que quiere avisarle que ese día le toca trabajar en la calle, después de escribirle un correo para avisarle, sale con Molly a visitar a sus clientes.
Las dos disfrutan mucho su trabajo, son muy profesionales, cosa que ha causado que su cartera de

clientes aumente, pues poco a poco han ido adquiriendo prestigio sin la ayuda de sus influyentes padres, en el camino platican, ríen, se cuentan anécdotas la pasan muy divertidas como siempre.

Todo su éxito profesional ha sido por merito propio cosa que las tiene muy orgullosas de si mismas, aunque la mayor inversión del negocio es de Marissa ya que Molly casi no puede estar ahí, pues su trabajo, es más bien en otros estados, y se la pasa más de viaje que en la oficina, son contados los negocios que las amigas hacen juntas, pero son muy felices por poder estar juntas el mayor tiempo posible.

Marissa pasan de las tres de la tarde y me muero de hambre, solo tengo un vaso de jugo y una manzana en el estomago, así que sugiero vayamos a comer.

Marissa que no le gusta comer, no ve con agrado la idea de Molly, pues ella prefiere regresar a la oficina para concluir la jornada de trabajo y terminar los pendientes del día.

Molly, ¿si mejor pedimos algo de comer en la oficina? pues aún nos espera más trabajo.

Solo piensas en trabajo Marissa, eso no esta bien, también tienes que darte tus espacios, tiempo para comer, descansar, relajarte a ese ritmo te puedes enfermar.

¡jajaja! Molly, no me pasa nada, tú porque eres muy golosa y todo tiempo piensas en comer, yo no se como te conservas delgada con todo lo que comes.

Ah, dices que solo pienso en comer todo el tiempo pero si cuando ando contigo no lo hacemos, todo es solo trabajar y trabajar y la verdad es que ya veo doble amiga, ya no puedo más o nos paramos a comer algo o me declaro en huelga.

¡jajaja! Molly, esta bien te parece que pasemos por un lugar de comida rápida.

¿Queeee? ¿escuche bien? No Marissa, me parece mejor que nos sentemos a comer en forma ¿ok? ya trabajamos mucho por hoy y creo que ya me gane una buena ensalada con una rica carne.

¡Ay! Molly, haces que se me quite el apetito.

¿Apetito? ¿ dijiste apetito? pensé que esa palabra no existía en tú vocabulario, ¡jajaja! ¿estas segura de que la conoces?

Claro que existe, pero con moderación, no como tú Molly, solo piensas en diversión y en comer.

Y en sexo Marissa, que no se te olvide, ¡jajaja!

¡Ay! Molly, ¿cuando vas a madurar?

Más bien, ¿cuando vas a modernizarte tú?
es solo una broma, pero, ¿te imaginas, una cena romántica con pareja después una caminata por la playa y para rematar el ejercicio más efectivo del mundo para quemar calorías, hacer el amor,¡jajaja! suena bien ¿no?

Pues si, suena bien, si estas casada y enamorada.

Lo dicho abuelita Marissa, tienes que ser un poco más,
¿como te podría decir? un poco más, moderna, más
despreocupada del que dirán solo siente y diviértete,
se feliz en pocas palabras, se un poco cachonda.
¡jajaja!

Eso hago Molly, yo pienso así, tal vez sea anticuada,
pero así soy, ecepto cachonda.

Ok Marissa tú te lo pierdes, y mira que es riquisimo
¡jajaja! pero bueno ya te veré.

Mira Molly aquí hay un restaurante Italiano
¿entramos?

Woow, señorita Dowson, hasta que la oigo decir algo
sensato, ¡jajaja! claro que entramos me muero de
hambre.

No cambias Molly, pero así te quiero.

Entran a dicho restaurante y pasan un rato de lo más
agradable, como suele pasar entre ellas, Molly como
casi siempre esta en desacuerdo por la forma en que
Marissa se alimenta pues aparte de comer pequeñas
cantidades no escoge nada nutritivo, Molly le hace ver
la importancia de una buena alimentación, cosa que a
Marissa parece no importarle mucho.

Así jamás tendrás las energías necesarias que requiere
nuestro trabajo, yo no se como no te enseñaron a

disfrutar las delicias del buen comer, mí querida Marissa.

Lo que pasa Molly es que tú eres muy antojadiza, y yo no me puedo dar ese lujo, pues no tengo tiempo para pararme a comer en cuanto lugar se me antoje, además tú sabes que yo no soy buena para comer.

¡Eso!, no me lo tienes que decir, si es nuestro pleito de cada día, ya en serio Marissa ¿no te da miedo que algún día te pueda pasar algo? no se ¿que te desmayes que se bajen tus defensas y te enfermes?

Claro que no Molly, yo soy muy sana y tengo años así nunca me ha pasado nada no tiene porque pasarme hoy.

Bueno tú sabes Marissa, pero los malos hábitos a la larga hacen mal, yo no quiero que te pase nada malo solo quiero que tomes consciencia, pero allá tu lo que nutre no engorda recuérdalo ¿ok?

ijajaja! Molly, a mi no me preocupa engordar es solo que no me gusta mucho la comida, pero en fin disfrutaré hoy para darte gusto.

No amiga, disfruta porque lo deseas, no por darme gusto y veras como es más delicioso, es como dar un beso con amor y pasión.

¡Uyy! Molly que romántica, viéndolo así me encantara la comida desde hoy ijajaja!

ijajaja! Marissa le di al clavo, imagina cada que vez

que comas que estas besando al amor de tu vida, comerás demasiado ¡jajaja!

¡Ay! Molly, que ocurrencias las tuyas.

Así entre broma y broma, las amigas pasan una tarde muy amena, Molly esta feliz de que Marissa haya superado la crisis de su problema, y este de mejor animo, lo que esta muy lejos de saber, es que Marissa de repente tiene mucha tristeza, por la soledad en la que se encuentra, pero que calla por no preocuparla, que hay días en los que no sabe que hacer para no sentirse tan sola.

¡hmmm! la verdad es que comí delicioso Marissa, la tarde fue divertida, pero, creo que llegó el momento de ir a casa, saldré con Steve a bailar ¿no quieres ir?

¿A casa Molly? pero si apenas son las 5:00pm tengo que ir a la oficina a terminar los pendientes, y por tu invitación mil gracias de verdad, pero prefiero estar en casa, tú sabes no se me antoja ir de mal tercio.

¡Ay! Marissa, sabes que no es así, pero en fin, además ¿tú no te cansas? yo creo que por hoy ya estuvo bueno de tanto trabajo, párale los excesos no son nada buenos.

Me chocas Molly siempre me regañas.

Y no lo dejaré de hacer, hasta que sepas mediar trabajo y diversión ¿ok?

Esta bien Molly, solo iré un rato a la oficina y después

me iré a casa.

Así me gusta ¡jajaja! es por tu bien Marissa créeme. algún día lo entenderás y me lo vas a agradecer.

OK vamonos mamá Molly.

Esta bien querida hija mía, ¡jajaja!

Las dos se van muy contentas con los resultados que obtuvieron pues fue un día excelente en cuestiones de negocios, y en lo demás ni se diga, así que su día fue de los llamados maravillosos.

Marissa llega a seguir su rutina de trabajo y Molly se despide, para ir a casa

Marissa no te vayas a ir muy tarde, recuerda que no es bueno trabajar tanto ¿ok? nos vemos el lunes.

Esta bien Molly, cuídate estamos en contacto.

Marissa se queda sola, prende de nuevo su pc para buscar a Bob pues ya no lo pudo leer en la mañana, así que se apresura pues dejaron una clase pendiente.

Bob la sigue esperando cosa que la pone muy contenta.

Bob__Holaaaaa mi princesa, ¿como estas amor?

Marissa __muy bien mi vida y ¿tú?

Bob__aquí extrañándote y esperándote como todos

los días.

Marissa__ ¿Recibiste mi mail? ahí te explicaba que tenia varias citas fuera de la oficina, pensé que ya no te encontraría.

Bob__ claro que lo leí princesa, por eso estoy aquí, ya casi me voy, tu sabes que no tengo pc en casa.

marissa__lo se amor por eso entre desde la oficina ya no alcanzaba a llegar a mi casa, espero que no hayas olvidado mi clase.

Bob__ claro que no mi princesa, yo te puedo enseñar, pero, dime algo.

Bob__¿Nunca has platicado con tu mami acerca de esto?

Marissa__No amor nunca , no se porque, por pena, falta de tiempo, en realidad no lo se, pero no tocamos el tema.

Bob__es una pena amor, ella es la más indicada para esto, pero, no importa yo lo haré, solo quiero pedirte un favor.

Marissa __dime

Bob__ quiero que dejes la pena guardada en un cajón cuando hay amor en una pareja, hay confianza, no existe la pena para hablar sobre lo que sea y menos relacionado con la intimidad, así que me puedes preguntar con confianza todo lo que desees.

Marissa__Te voy a ser honesta, me costara un poco de trabajo, pero tratare de hacerlo lo mejor posible.

Bob__yo se que no es fácil para ti pero, aprenderás y veras que fácil es cuando amas a alguien, querrás saber más cada vez y juntos se descubren cosas bellas.

Marissa__si yo quiero aprender, saber, sentir, quiero dejar de ser, tú sabes, una conservadora de la virginidad.

Bob__¡¡jajaja! mi princesa! No, no te confundas mi cielo, mira el que seas virgen habla muy bien de ti, no es que sea muy importante que lo seas o no, son tus principios, tu moral y eso es muy bello que lo conserves tu te conservas así, porque crees en el amor y en la entrega por ese sentimiento, y eso es maravilloso cielo, así que no lo veas como algo malo.

Marissa__esta bien.

Bob__mira como te decía, la pena no debe existir entre una pareja, al contrario debe haber mucha comunicación, eso y el respeto, son la base de todo éxito en la pareja, así que si tienes dudas me las dices ¿si? no quiero que te quedes con ninguna duda.

Marissa__esta bien

Bob__mira, por principio a las cosas hay que llamarlas por su nombre, tal vez te suenen como palabras fuertes, porque hemos disfrazado su verdadero nombre con palabras más sutiles, pero cuando estas haciendo el amor con tu pareja eso no funciona, tienes que ser un poco, erótica, sensual, pero eso sale solo, en el momento de la relación, ¿me explico?

Marissa__ no entiendo muy bien eso, ¿como que llamar las cosas por su nombre, te refieres a ¿que? si me lo puedes explicar mejor, discúlpame si te parezco tonta, pero en realidad quiero aprender y me encanta como me lo estas explicando.

Bob__ ¡jajaja! a mi me encantas más tu princesa, tienes una inocencia de niña, que me encanta, mira, para que lo entiendas mejor te pondré un ejemplo, cuando te digo llamar las cosas por su nombre me refiero, a las partes de tu cuerpo, tus senos, tus nalgas, tu vientre, ¿me entiendes?

Marissa__ ¡UPS! Si, ahora si

Bob__ imagínate que estamos haciendo el amor y te digo quiero tocar tus pompis, o besar tus bubis, ¡jajaja!, que poco romántico ¿no? nada cachondo para una situación así donde se trata de excitarte, de provocar tu entrega, tu deseo.

Marissa__uff pues, ¿como lo dirías?

Bob__¡jajaja! mi princesa, te digo que cuando haces el amor con tu pareja existe una magia, una fusión de cuerpos, una pasión y fuego y ahí es cuando un poco de erotismo viene a perfeccionar esa entrega. Eso nace solo en ese momento, es lo que complementa el que te entregues con más pasión y llegues a un clímax perfecto con tu pareja, ¿me vas entendiendo?

Marissa__creo que si.

Bob__ ¡ja ja ja! me encantas, ¿como que creo que si princesa? ¿es si? o ¿es no?

Marissa__más bien si, pero, ¿Sabes algo?

Bob__dime cielo.

Marissa__estoy llorando

Bob__¿Porque amor? ¿te ofendí en algo? ¡si quieres ya no seguimos!

Marissa__no, no mi amor, lo que pasa es que estoy muy emocionada, imagínate alguien que apenas me conoce, me esta enseñando lo que es una entrega de amor, la entrega más importante para una pareja y más para una mujer, y lo haces de una manera tan sutil, tan dulce, tan especial para que yo la entienda y no me sienta ofendida, que me conmueves.

Bob__¡mi princesa!, eres un amor.

Marissa__ es que nadie se había ocupado de enseñarme eso, y me iba a casar, sin saber cuan importante es eso en una pareja, la comunicación la entrega mutua, la confianza y el respeto en la intimidad.

Bob__ Así es amor, a muchos de nosotros esa experiencia o enseñanza, la conocemos a través de la vida y de los errores, yo creo que si a todos nos prepararan para esto, cometeríamos menos errores y habría menos divorcios, y faltas de respeto entre las parejas, aunque en cuestión de sentimientos, nadie te puede enseñar pues todos sentimos diferente y por lo mismo lo expresamos diferente.

Marissa__si eso es muy cierto.

Bob__pero nunca aprendemos, confundimos los sentimientos, porque estamos muy chavos, o porque tenemos broncas con nuestros padres, y nos aceleramos y cometemos el error de casarnos muy jóvenes solo por huir de las broncas, sin saber que nos metemos en una peor, y jalas a gentes inocentes, como pueden ser los hijos, ¿me entiendes?

Marissa__si amor, ahora tengo las cosas más claras, y ¿sabes? me da gusto no haber cometido el error de haberme casado con Richard, porque ahora, comprendo que en realidad no lo ame, era un escape para cubrir la ausencia de mis padres.

Bob__¡princesa! Eres una ternura de mujer.

Marissa___es la verdad, pero ¿sabes? es muy bueno todo esto, porque es, aprender, conocer y tratar de cometer menos errores, porque no cometerlos seria casi imposible, pues de ellos aprendemos más.

Bob__ así es princesa, veo que estas aprendiendo muy rápido, eres muy inteligente, y eso me da mucho gusto, pero dime ¿tienes alguna duda?

Marissa__ Hasta ahora no, pero, dime amor, ¿como sabiendo tantas cosas, no tienes una relación más cordial con tu esposa? lo digo en buen plan.

Bob__Por lo que te dije, que esta fue una unión de chavos, sin amor, sin comunicación ni respeto, y nos dejamos llevar por los instintos de la pasión y el placer del sexo, cuando te das cuenta ya estas metido hasta el cuello, y es más difícil de resolver la bronca, y tu vida se convierte en un infierno, pero aprendes a vivir con tus enemigos.

Marissa__no digas eso, me da tristeza que sufras

Bob__ no princesa, no te me pongas triste, esto solo son las consecuencias de no pensar las cosas, de ir como los burros y no escuchar los consejos de nuestros padres, quienes creemos están pasados de moda y no entienden a la juventud.

Marissa__es que el amor, es así, no puedes planear o pensar solo te dejas llevar, y eso es todo, tal vez si la amabas, y no te dabas cuenta.

Bob__ijajaja!, no mi princesa, de eso si te das cuenta de inmediato, pero cuando te das cuenta el error ya esta hecho, y te aguantas, y ahí esta lo malo porque si le pusiéramos fin en ese momento, no sufriríamos tanto ni haríamos sufrir a los demás, pero no conozco a alguien que pare su bronca a tiempo, eso seria lo ideal, pero no existe.

Marissa__es lo malo de no casarse por amor, pero no es solo eso, ¿sabes que creo y también es importante.?

Bob__¿que? mi princesa.

Marissa__ que los seres humanos debemos de conservar esa magia que nos unió, si te casas enamorado, conservar siempre vivo ese amor, alimentando día a día esa unión, esa dicha, sorprendiéndose mutuamente y hacer una relación amena y feliz, la comunicación es una base importante.

Bob__ precisamente, eso es lo que no hacemos princesa, por eso hay tantos fracasos, la mujer se descuida desde el primer día, pues ya se siente muy segura en la relación, y cambia en todo, su manera de hablarte, se vuelve como una madrastra.

Marissa__¡jajaja! que cosas dices.

Bob__ es en serio, mira, antes de casarse, te dice mi vida quisiera lavar tu ropa, y hacerte algo rico de comer, en fin una serie de promesas que solo las ves la primera semana, después es, lava por lo menos tu ropa interior, después, hoy no haré la comida porque estoy muy cansada, quita de aquí tus periódicos que manchan el sofá.

Marissa__ ¡jajaja!

Bob__ es en serio princesa, tal vez te suena muy divertido, pero no lo es créeme, es solo el principio del infierno, lo vamos dejando crecer y cuando te das cuenta, ya es insoportable, pocas parejas conservan armonía en su relación y eso, para mi es admirable.

Marissa__tienes tanta razón en lo que dices, y disculpa que me ría, pero es que me lo imagino, como lo cuentas y me da risa.

Bob__lo se princesa, la vida misma es un chiste, pero tiene sus lados crueles, me da gusto que comprendas lo que te digo.

Marissa__no sabes lo bien que me haces al decirme todo esto, estoy aprendiendo más de lo que te imaginas, gracias por todo.

Bob__no me des las gracias princesa, es un placer para mi poderte enseñar un poco de lo mucho que tienes que aprender, lo demás se aprende con el tiempo y la vida, por eso hay que aprender a disfrutarla.

Marissa__si, hay que aprender a vivir aunque nos cueste trabajo entender muchas cosas.

Bob__ mi princesa, malas noticias.

Marissa__¿que pasa? no me asustes

Bob __noooo, no mi princesa, es solo que me tengo que ir, ya llego la hora de salida y tengo que ir a checar mi tarjeta.

Marissa__que lastima, cuando más interesante estaba la clase.

Bob__ijajaja! mi amor, mañana le seguimos te lo prometo, ahora solo te dejo mi amor y mis besos ¿ok?

Marissa__ immm! pues que te digo, ni modo pero eso si, en la clase de mañana no solo habrá teoría también habrá practica.

Bob__ijajaja! ¿como? mi princesa.

Marissa__ si, quiero que hagamos el ciber amor.

Bob__ijajaja! mi vida, me apenas

Marissa__¿esa? la dejas en el closet.

Bob__ijajaja! aprendes rápido, esta bien mi amor.

Hasta mañana.

Marissa__ hasta mañana mi vida y gracias de nuevo.

Bob__ de nada mi amada princesa, hasta mañana.

Marissa no aguanta la emoción por todo lo que paso en ese rato y salta de gusto al apagar su pc, se pone a bailar y a gritar de gusto, cuando se da cuenta varios empleados la están observando sorprendidos, pues ella es muy seria, eso a Marissa lejos de apenarla le causa gracia y se suelta a reír con ganas y los invita a pasar a su oficina a bailar la melodía que esta escuchando, y dice a sus empleados, soy muy feliz los quiero mucho.

Los empleados que la conocen y saben de su buen

corazón se alegran de verla así y participan en su travesura, más tarde Marissa se despide de su personal y se va emocionada y feliz a casa.

Bueno, pues como no hay plazo que no se cumpla ni fecha que no llegue, al fin llego el tan ansiado día de la cita con Ray, Marissa piensa mientras enciende su pc, si ya se le habrá pasado el coraje, si lo encontrara de mejor humor, de no ser así ella no sabrá como reaccionar, en ese momento recibe una llama a su cell. de su amiga y socia Molly.

¡Hola Marissa!, como ¿estas?

Muy bien Molly y ¿tú?

También bien amiga ¿que planes tienes para esta noche?

Ninguno en especial Molly ¿por?

Yo tampoco, Steve saldrá de la ciudad ¿cenamos juntas?

Me parece muy buena idea Molly, ¿sabes? tengo muchas cosas que contarte y otras más que, preguntarte.

Creo saber de quienes se tratan tus preguntas ¡jajaja!

No Molly, esta vez estas muy perdida de lo que quiero preguntar, pero necesito tu ayuda ¿ok?

Cuenta conmigo para lo que quieras nos vemos más

tarde.
Esta bien cuídate bye

Marissa entra al salón donde Ray ya la esta
esperando, en el titulo del salón dice:
¡para una mujer sorprendente que amo, Marissa!

Marissa se emociona al ver eso y ya da por hecho que
Ray no esta molesto con ella, así que piensa pasaran
un rato muy agradable.

Ray la saluda muy cariñoso

Ray__ hola mi amor ¿como has estado?

Marissa__muy bien Ray, ¿tú?

Ray__extrañándote, ¿sabes?

Marissa___dime

Ray__ fui un tonto el otro día, te culpe de algo que en
realidad el único culpable era yo, espero que ya lo
hayas olvidado.

Marissa__¿y que fué lo que paso el otro día? no lo
recuerdo

Ray__eres maravillosa, y sorprendente, te he
extrañado.

Marissa__gracias, yo también a tí, pero cuéntame
¿que has hecho?

Ray __nada importante solo cosas de trabajo, por cierto te escribí algo ¿quieres que te lo transcriba para que lo leas? y después te lo enviare a tu correo.

Marissa__ claro que si, ya sabes que me encanta todo lo que me escribes, así que soy toda ojos amor.

Ray__ ¡jajaja! Marissa, eres muy tierna, bueno mira se llama precisamente así: Ternura de mujer, como tú eres.

Ternura de mujer:
me encanta tu ternura de mujer
tu inocencia casi infantil
entras en mi vida impregnas de ti todo mi ser

llenas mis espacios, ocupas mi tiempo
solo deseo pensar en ti, tocar tu cuerpo
y sentirte siempre así, tierna frágil como una flor,
que enciendas siempre en mí, el fuego del amor.

ternura de mujer:
de limpios sentimientos,
de lindos pensamientos
transparente como el agua
con un amor tan fuerte como los vientos

ternura de mujer:
siempre para ti quiero ser
lo que más ames en la vida
a quien entregues todo tu ser

**quiero beber de tu cuerpo, extasiarme de ti
quiero sentir tu ternura, quiero ser de ti
ámame por siempre como yo te amo a ti.**

Ray__espero te haya gustado amor, lo escribi para ti.

Marissa __claro que me encanto, es muy hermoso , como todo lo que me escribes gracias, siempre lo guardare.

Ray__Gracias amor, ¿que me cuentas tú?

Marissa__al igual que tú, solo he trabajado, la verdad es que no hay muchas novedades en mi vida.

Ray__¿sabes? te he deseado mucho, y no se, no te quiero forzar a nada, pero me encantaría tanto que fuéramos una pareja como tantas otras, que fuéramos pareja en todos los sentidos, ¿me entiendes?

Marissa__Ray, por favor, no volvamos a lo mismo, aún no estoy preparada y se que no funcionará.

Ray__¿porque Marissa? si para entregarte a tu pareja no tienes que estar preparada es solo que te dejes llevar por tus emociones, que sientas lo que yo te transmito.

Marissa__Yo creo que debe haber una química en todo, y entonces si se dan solas las cosas, yo te amo, pero no creo que pueda tener algo más, no estoy lista espero que lo entiendas.

Ray__si lo entiendo, solo que quisiera estar ahí a tu

lado y estrecharte entre mis brazos, para que sientas el calor de mi amor, besarte muy tiernamente en tus labios y sentir la tibieza de tu piel.

Marissa empieza a reaccionar ante las palabras de Ray y casi sin darse cuenta le responde de la misma manera.

Marissa__A mi encantaría corresponder a ese abrazo y sentir tus labios en los míos.

Ray__Me encantaría recorrer con mis manos tu cuerpo, y sentir palmo a palmo cada centímetro de ti rozar con mis dedos tu piel, hasta hacerte estremecer.

Marissa__me encantaría sentirte más cerca de mí, que estuvieras aquí.

Ray__ solo sientelo nena, desealo y veras que me sentirás.

Marissa__te amo, Ray

Ray__ yo también a ti mi vida, siente que estamos en la intimidad de tu cuarto, con las ventanas abiertas, sintiendo la brisa del mar en nuestros rostros, solo nos ilumina la luz de la luna, y mientras tomamos un rico vino y escuchamos una suave melodía, ¿te gusta?

Marissa__me encanta, eso es muy romántico.

Ray__yo empiezo a besar tu hermoso rostro y paso por tus labios que son maravillosos, bajo por tu cuello, lo puedes sentir amor.

Marissa__Si amor siento todo lo que me dices, pero

Ray un poco molesto le pregunta:

Ray__¿pero que amor? a ver dime.

Marissa__no quiero que pase lo del otro día, como te dije yo no creo en el cibersexo, yo necesito sentir que mi pareja realmente esta a mi lado verlo a los ojos y sentir esa entrega realmente por amor ¿entiendes?

Ray__ Marissa cuando vas a entender que la distancia es lo que nos hace practicar el ciber sexo por el momento no podemos estar juntos, pero por algo se empieza ¿no crees?

Marissa__pero yo creo que así no funcionan las cosas entre una pareja.

Ray__creo que sigues sin estar lista y será mejor vernos otro día.

Marissa___me temía esta reacción, pero tengo que ser honesta y decir lo que pienso y siento.

Ray__claro no te preocupes, no es malo decir lo que se piensa o se siente, por eso mismo te digo que nos vemos otro día.

Marissa__se que te volviste a molestar, pero ¿no puedes pensar en mi, sin pensar solo en sexo?

Ray__no es malo querer tener sexo con la mujer que

amas, quítate esas ideas de la cabeza Marissa, realmente me interesas .

Marissa__y tu a mi Ray, pero creo que debemos conocernos de otra manera solo así sabremos hasta donde esto es real o virtual.

Ray__no creo que te afecte hacer el amor virtual, lo disfrutarías y no dejarías de ser virgen, si eso es lo que tanto te preocupa, pero en fin, tú sabes, te aviso que estaré fuera unos días yo después me comunico contigo.

Marissa__y con esa reacción quieres que piense que me amas, si cuando necesito que me entiendas te molestas y lo arreglas desconectándote, ¿porque no hablas? ¿porque no enfrentas la situación?¿qué es lo que realmente ves en mí?

Ray__ mira, no le veo el caso de caer en lo que caen todas las parejas discutir, pelear y total, nunca están de acuerdo.

Marissa__no me gusta como piensas, no es discutir o pelear, es poner los puntos en claro para tratar de entenderse, ser más afines

Ray__ si tienes razón, te veo otro día ¿si? yo te escribo, un beso.

Marissa ya no trata de hacerlo entender ante todo tiene dignidad y si Ray no la entiende es porque realmente no la ama como dice, Marissa cree que debe darle tiempo para que piense las cosas.

Marissa__ esta bien Ray, tu también cuídate.

Ray__ ¿que me vas a dejar así nada más?

Marissa__¿ y de que otra manera quieres que me despida?

Ray__ siento que la que esta molesta eres tú.

Marissa__ ¿molesta? No, decepcionada, si.

Ray__¿decepcionada? ¿de que? ¿de mi?

Marissa__creo que no es el momento, de platicarlo, los dos estamos algo sentidos y eso podría provocar decirnos cosas que no sentimos realmente.

Ray__¿sabes? me siento como un estúpido, yo no imagine que una chica de 26 años me iba a traer así, como me traes tú.

Marissa__¿y como se supone que te traigo Ray?

Ray___ loco Marissa, me traes loco y aunque lo dudes te adoro, pero hay cosas que me disgustan, ojala me comprendas, y ahora si tengo que irme ya sabes que me comunico desde el trabajo y me necesitan allá afuera, yo te escribo y espero que me extrañes, un beso.

Marissa__ok, y yo espero que pienses bien las cosas cuídate también, te mando un beso.

Ray__te amo bye.

Marissa se queda pensativa, no sabe que creer, así que mejor decide dejarlo al tiempo a ver que pasa, y se arregla para salir con Molly.

Marissa esta esperando la llegada de Molly, suena su teléfono y es nada menos que su papá.

Hola Mar,¿ como estas amor?

Bien, papá ¿ustedes?

Bien nena extrañándote, espero que ya no estés molesta conmigo, y que entiendas que lo que hice fue por tu bien.

Lo se, no te preocupes papá, no estoy molesta pero te confieso que si la pase muy mal, tu sabes lo que era para mi y con todo lo que paso.

Lo se Mar, tu eres muy fuerte, además muy inteligente, yo se que fue muy duro para ti, pero que era preferible.

Papá, olvídalo ya ¿quieres? ¿a que debo este maravilloso milagro de que mi papá me llame? ¡jajaja!

Pues a que te extrañamos mucho tu madre y yo, pero quisimos darte tiempo a que pensaras bien las cosas , y pues te queremos invitar a cenar esta noche ¿aceptas? tú mamá esta preparando especialmente tu platillo favorito.

Los dos repiten al mismo tiempo, camarones a la plancha,¡¡jajaja!ja!

Que rico papá, pero ¿sabes? lamentablemente ya tenia un compromiso quede de ir a cenar con Molly.

y ¿porque no la traes? ya sabes que ella es como una hija para nosotros, ¿sabes que haremos? sacaremos el álbum de fotos de cuando eran niñas y además invitaremos a los papás de Molly ¿que te parece?

Genial papá, muy buena idea, le diré a Molly es más estoy segura de que aceptara así que al rato estaremos por ahí.

Gracias Mar eres un amor, y ¿sabes que te adoro verdad?

Si papi lo se, y yo también te quiero mucho y a mi mami.

Bueno le diré a tu mamá que haga doble ración se que a Molly también le encantan los camarones, estoy muy contento, las espero y recuerda que te amamos.

si papá, yo también a ustedes, ahí estaremos al rato.

Hasta al rato amor.

Molly llega por Marissa, y encantada de la vida acepta la invitación de los padres de marissa pues los ve como parte de su familia, los padres de Molly y Marissa son amigos de toda la vida.

Será bueno recordar viejos tiempos con nuestros padres Marissa.

Sabia que te encantaría la idea Molly, pero ¿sabes? antes te quiero preguntar algo.

Soy toda oídos Marissa tu dirás ¿para que soy buena?

¿En estos momentos? para todo Molly, mira estuve platicando con Bob acerca de sexo.

¡jajaja! ¿Túu? Marissa Dawson ¿hablando de sexo? ¿con un desconocido? no lo puedo creer ¡jajaja!. Perdona que me ría, si que me sorprendiste.

Es serio Molly no te rías.

Marissa, no me rió me da gusto, al fin alguien te esta abriendo los ojos, me da gusto por ti, que te abras a un tema que es de lo más normal,
¿pero a ver, que es lo que quieres saber?

Marissa le dice en un tono serio, todo, ese es uno de mis problemas, jamás hable de esto con nadie, ni con mi madre, por pena falta de tiempo de interés, no se, el caso es que nunca lo hable y creo que es muy importante saberlo.

Claro que lo es Marissa, y ¿porque nunca me lo dijiste? lo pudimos haber platicado las dos abiertamente, yo no sabia, si no júralo que yo abría provocado el tema, pensé que no lo hablabas porque así es tu carácter.

Ya no importa Molly, el caso es que Bob me esta enseñando todo eso y...¿sabes?

Me lo imagino Marissa, quiere tener ciber sexo contigo ¿o me equivoco?

Si Molly_ te equivocas, la que lo quiere tener soy yo.

¡jajaja! Marissa, perdóname que me ría, pero es de gusto, lo escucho y no lo creo, ahora si que no entiendo nada.

Si Molly, si vieras la forma tan tierna, tan elegante, tan sutil con la que me explico todo, para que no me ofendería, al mismo tiempo para que le entendiera.

Molly se siente gratamente sorprendida al escuchar a su amiga, pues empieza a conocer a Bob y le agrada saber que su amiga conoce a una buena persona , que la ayuda y la quiere honestamente.

Me hizo ver la diferencia entre hacer el amor y tener sexo, y entender que, hacer el amor con tu pareja es la experiencia más maravillosa.

Marissa, eso que me dices es muy hermoso, ¿sabes? me hubiera gustado haber aprendido de esa manera, pero, por mi forma tan alocada de ser yo primero aprendí a tener sexo y creo que, ahora con Steve hago el amor, pero no estoy muy segura aún.

¿Cómo? Molly

Si de verdad, y no me da pena decírtelo, porque así es

como me toco aprender a mi, pero me da gusto que Bob sea tan sutil para explicarte.

Lo se Molly, pero necesito saber más cosas, tal vez tú me podrías enseñar.

Creo que mejor maestro no puedes tener, pero, si de algo te sirve lo que yo te pueda decir adelante, ¿sabes? te prestare una película 3x que una vez me presto Bill ¿lo recuerdas? ese chico lleno de granos de la secundaria.

¡jajaja! como olvidarlo Molly, siempre se le escuchaba hablar de sexo y mujeres desnudas ¡jajaja! no tenía otro tema de conversacion.

¡jajaja! Así es, el mismo, y nunca le devolví aquella película con esa aprendí para mi primera experiencia, te la presto, mejor aún la vemos juntas hace años que no la veo, y esta muy buena por cierto ¡jajaja!

No Molly, gracias prefiero aprender de otra manera, creo que eso me cambiaria la imagen de lo que pienso respecto a hacer el amor, y me encanta la idea que tengo.

Y así es marissa no lo dudes, me encanta como lo estas aprendiendo, pero si algún día quieres aprender hacer solo sexo avísame, y te la presto, ¿ok? ¡jajaja!

¡jajaja! ok Molly, espero nunca necesitarla pero lo tomaré en cuenta.

Marissa vamonos porque se hace tarde y no me quiero

perder esos ricos camarones y sobre todo ver ese álbum donde están tus fotos cuando estabas chimuela y con tus vestidos de rosita fresita ¡jajaja!

¡jmm! no me causa gracia Molly, pero tú apareces toda despeinada y embarrada de caramelo, con tu look de madona ¡jajaja!

Creo que nos sabemos ese álbum de memoria, siempre que estábamos tristes, tu papá nos lo enseñaba para hacernos reír.

Así es Molly, pero será grato recordarlo con ellos.

Pues adelante vamonos.

Marissa agarra su bolsa de la cama y las llaves de su carro, envíando un beso a su pc sale feliz a su cita con los recuerdos.

Llegan a casa de los padres de Marissa, los papás de Molly también están ahí, así que su noche será completa, después de saludarlos, las dos van a la cocina a saludar a la mamá de marissa, quien feliz las recibe diciéndoles que ya todo esta listo.

Mis muchachitas hermosas ¿cómo están?

Como las dos amigas conocen lo despistada que es la mamá de Marissa las dos repiten la misma frase que les dice que cada vez que las ve, así que las tres dicen al mismo tiempo:

Pero como han crecido mis niñas, ¡ja jaja!

¿de que se ríen? ¿ya se los había dicho?

¡jajaja! no mami ¿sabes? Huele riquísimo.

Gracias amor, la verdad es que solo me metí a la cocina por ti.

Gracias mami eres un amor y de verdad lo valoro

Todos pasan una velada muy agradable recordando cuando Marissa y Molly eran niñas y en los problemas que algunas veces los metieron.

La mamá se Molly recuerda cuando un día entro a la habitación de Molly y empezó a ver que salía humo abajo de la cama, cosa que la alarmo y llamo a los bomberos de inmediato y cual no fue su sorpresa al descubrir que las que estaban debajo de la cama eran Molly y Marissa, que estaban dizque aprendiendo a fumar para demostrar en la escuela que ya eran grandes y solo contaban con 8 años.

Molly les dice, ¡jajaja! lo recuerdo muy bien y la cara que pusiste mami cuando el bombero levanto la cama y oh sorpresa, ¡jajaja! Marissa y yo muertas de miedo por haber sido descubiertas con los cigarros en la boca.

Marissa les recuerda, ¡jajaja! pero no olvides Molly, que el castigo que nos puso tu papá fue que si deseabamos tanto ser grandes y fumar deberíamos aprender bien y nos prendió un puro enorme y nos lo tuvimos que fumar todo frente a el, ¡jajaja!, recuerdo lo mal que nos sentimos.

¡jajaja! es verdad recuerda el papá de Molly, además como al día siguiente amanecieron con paperas pensaron que había sido a causa del puro y los cigarros y se les quitaron las ganas de aprender a fumar, gracias a eso jamás volvieron a tocar un cigarro, ¡jajaja!

Todos ríen recordando las anécdotas Marissa realmente esta disfrutando esa noche hacia tanto tiempo que no pasaba un tiempo así con sus padres.

Y se lo dice a su padre ¿sabes? Papá, hace tanto tiempo que no disfrutábamos de una velada así, creo que desde mis once años, pienso que deberíamos de hacerlo más seguido, ¿no lo crees así?

Jhon enternecido la abraza y le dice:
Si hija seria muy bueno hacerlo, hay veces que nos olvidamos de los seres que más amamos por darle más importancia al trabajo, pero trataremos, te lo prometo, ¿quien es mi muñeca consentida?

Marissa frotando con su nariz la de su padre como cuando era niña le responde, Creo saber, pero ¿porque no me lo dices tú?

Claro mi amor, mi muñeca consentida, mi mayor tesoro eres tu hija, te amo recuérdalo siempre ¿si?

Gracias por decírmelo papi, hay veces que me hace mucha falta escuchartelo decir, yo también te amo

La mamá de Marissa observa la escena se acerca a abrazarlos con amor pidiendo disculpas a Marissa por no haberle dedicado más tiempo y le pide que nunca dude del amor que le tienen.

Molly se acuerda de otra de las tantas travesuras de su niñez. ¿Saben que me acabo de acordar?

¿De que? preguntan todos

El día que mi papá llego muy preocupado porque se estaba quedando calvo, ¡jajaja!

Interrumpe su padre para decir, claro que yo también me acuerdo, ustedes en su afán de ayudarme a sentirme bien hablaron de un tratamiento para evitar la calvicie y al día siguiente cuando llegue de la oficina ya me lo tenían listo, su mentada crema para la calvicie no era otra cosa que miel de abeja revuelta con vaselina y estiércol de vaca, ¡jajaja! ahora me da risa ¿como me pude dejar embaucar por dos chiquillas traviesas?

Molly intrigada pregunta a su padre, y aquí entre nos papi ¿la usaste?. ¡jajaja!

Si, eso fue lo peor de todo que la use, y cuando tu mamá me descubrió y me contó de que estaba hecha porque las escuchó hablando de su maravillosa receta, yo, tenia ganas de darles unas buenas nalgadas. ¡jajaja! pero agradecí su intención.

Todos se ríen, recordando la anécdota, pero como todo tiene un principio y un fin, la grata reunión de amigos termino, todos se despiden prometiendo hacer esas reuniones lo más seguido posible.

Marissa que solo piensa en trabajo dice a Molly, no olvides que mañana temprano sales para Orlando a ver lo del presupuesto de los señores Watson, te veré antes en la oficina ¿ok?

OK Marissa ahí te veré, buenas noches todos y gracias por la grata velada, me la pase muy bien.

Los padres de Marissa responden que ellos también pasaron una velada maravillosa todos se abrazan y se despiden.

Marissa al llega a su casa y a pesar de la hora y de su cansancio, prende su pc para leer su correo, ve que Jerry le escribió.

Hola mí adorada Marissa:
Espero que estes bien ¿sabes nena? te extraño ¿tú no extrañas, nuestras ciber reuniones amorosas? ojala mañana puedas conectarte estaré en la oficina como a las diez, pues antes tengo que arreglar unos asuntos, sabes he tenido algunos problemas y me gustaría platicarlos contigo, nos vemos mañana chao Jerry.

Marissa esta leyendo su correo en ese momento, entra Joe al msn y la saluda

Joe__ Hola huerca ¿como tamos?

Marissa__bien Joe ¿tú?

Joe __Pos, aquí llegando a tu casa, oye ¿que tú no duermes?

Marissa__¡jajaja! ¿ porque me dices eso?

Joe__pos ¿ya vio la hora huerca? Es casi la media noche.

Marissa__ si, se que es un poco tarde, pero acabo de llegar de la casa de mis padres y solo quise leer mi correo, de hecho ya me iba, mañana tengo un día muy ocupado.

Joe__No te creas, era broma, ¿oye huerca?

Marissa__ dime Joe

Joe__no se te olvide mandarme tu foto, ¿ok? la sigo esperando.

Marissa__ ¡jajaja! mañana lo hago.

Joe__¿me lo prometes? porque así me traes y nada que me la mandas.

Marissa__Prometido, es que la verdad he estado muy ocupada.

Joe__ok huerca la estaré esperando, ojala no se te olvide.

Marissa__ No se me olvidara, me dio gusto saludarte,

cuídate mucho ¿si? y recuerda que te quiero.

Joe__ijajaja! huerca ¿crees que te creo eso? si ni me conoces

Marissa__poco pero te conozco, por lo que escribes por como piensas y me lo creas o no te quiero ¿ok?

Joe__ ijajaja! pos, si tú lo dices, así será, bueno huerca te dejo mañana me tengo que levantar muy temprano, y la verdad estoy muy cansado, hoy tuve un día muy pesado.

Marissa__ Espero verte mañana más temprano, me gustaría que platicáramos un poco más.

Joe__ok huerca, cuídate, mañana me conectaré como a las 8 a mi también me gustaría platicar contigo, no se porque pero, me caes a todas margaritas.

Marissa__ijajaja! ok Joe cuídate te veo mañana un beso.

Marissa apaga su pc, y se va muy pensativa a la cama, no sabe aún que es lo que le atrae de Joe, pero siente que también esta enamorada de él, ya vera la manera de descubrir quien es el que realmente la llena.

Al día siguiente Marissa llega muy temprano a su oficina,será un día muy ocupado como siempre, prepara los papeles que se llevara Molly al viaje.

Molly llega y se sorprende de ver que Marissa aún no

ha prendido su pc, si en los últimos meses es lo primero que llega a hacer.

Hola Marissa, y ahora ¿que te paso?

Hola Molly, ¿porque lo dices?

Es que se me hace muy raro no ver tu pc prendida a esta hora, de verdad me parece muy raro ¡jajaja!

Es que preferí primero preparar tus papeles después se me hace tarde y se me amontona el trabajo, pero no te rías, es en serio.

Eres genial Marissa, ¡jajaja! te lo digo de corazón, no se como te das abasto para cumplir con todos, haces tu trabajo, acompañas a Bob en su trabajo a través de la pc, y platicas con todos tus ciber enamorados a la vez que resuelves los problemas de la oficina, y todavía, te das tiempo para contestar el correo y hablar por teléfono, de verdad yo no podría con tantas cosas, con el puro trabajo y Steve ya tengo suficiente ¡jajaja!.

No digas eso ya te veré, cuando tengas la necesidad de hacerlo además ya sabes que me gusta tener todo en orden.

De eso no me queda la menor duda, bueno Marissa me voy nos vemos mañana, espero que les guste el proyecto y el presupuesto a los Watson y nos lo acepten.

Claro que así será Molly, el proyecto es excelente y el

precio ni se diga, y no es por vanidad pero somos de lo mejor en el ramo, no lo dudes.

Claro que no lo dudo Marissa, pero ya sabes que hoy en día hay mucha competencia en esto.

Como en todo Molly, pero solo tienes que tener la seguridad de que lo que tu ofreces es lo mejor, se positiva y lo lograras ¿ok?

Seguro, con esas palabras ya doy por hecho que llegaré con el contrato firmado, ¡jajaja!

Así se habla Molly, y ahora, al ataque mis valientes, llego la hora de prender mi pc ¡jajaja!

¡Ay! Marissa, no tienes remedio eres una cibernética empedernida, ¡jajaja! pero me encanta verte feliz y entusiasta.

Gracias a ti Molly, recuerdo cuantas cosas te dije porque me aconsejabas distraerme en la pc, y yo te decía que no era buena idea, ahora te digo es excelente ¡jajaja!

Es de sabios cambiar de opinión Marissa
¿sabes? me da gusto que tu seas de las afortunadas que la pasa bien en la Internet, porque conozco gente que por confiar demasiado, no le ha ido muy bien que digamos, ya sabes hay de todo en todos lados y no siempre encuentras gente honesta, pero no es tu caso y eso me da gusto, de todos modos no esta de más pedirte que te cuides ¿ok?

Esta bien Molly, no te preocupes.

Bueno ahora si me voy se hace tarde y perderé el vuelo, te tendré al tanto de todo.

Si Molly, te deseo buena suerte y salúdame a Steve.

De tu parte Marissa, chao.

Cuando sale Molly, Marissa prende su pc, pues también recuerda que Jerry tenia un problema que quería comentar con ella, aunque le incomoda que este solo piensa en tener cibersexo, pero le cae bien y sabe que ahora es el quien necesita de su consejo y no olvida que cuando ella lo necesito Jerry la ayudo

Jerry ya la esta esperando en el msn.

Jerry__ hola amor, como te tardas en conectar, ya es tarde nena.

Marissa__buenos días, disculpa pero tenia unos pendientes de trabajo y no me pude conectar antes, pero ya estoy aquí, dime ¿cual es tu problema?

Jerry __ claro amor, por eso te estoy esperando, oye

Marissa__ dime

Jerry__dime ¿que posibilidades tengo de poder ir a verte a Miami?

Marissa__¿Es verdad lo que leo? ¿quieres venir a conocerme?

Jerry__si preciosa, pero no solo eso, necesito que me ayudes

Marissa__a ver ¿me puedes explicar? y si esta en mi mano con mucho gusto lo hago.

Jerry__ok, mira lo que pasa es que aquí hay muchos problemas económicos en el país ¿me entiendes?

Marissa__si, claro

Jerry__como tú sabes, yo me dedico a las ventas y tengo problemas con mi mujer por esa cuestión, tengo tres hijos que mantener y necesito ganar más dinero, y pensé que tú me podrías echar la mano.

Marissa__ ¿yooo? ¿como Jerry? si me dices lo que has pensado, veré en que te puedo ayudar.

Jerry__ si, mira preciosa tú eres millonaria, podrías poner un negocio y yo te lo trabajaría, ¿que dices?

Marissa__ijajaja! Jerry me ¡sorprendes! los negocios no se ponen así de rápido, además ¿olvidas que ya tengo uno? ¿como podría darte trabajo si no tienes papeles?

Jerry__ por eso no te preocupes preciosa, de los papeles yo me encargo del giro del negocio también y tu no lo tendrías que trabajar ya te dije que yo me encargaría de todo.

Marissa__Jerry, ¿estas loco? te diré algo porque de

verdad me caes muy bien y por eso no tomo a mal tu propuesta, pero mira, pon los pies en la tierra, primer punto yo no soy millonaria, si no mi padre, reconoce que tus problemas son porque has descuidado mucho tu trabajo por estar de coqueto en la pc ¿como podrías venir a un país que no conoces? ¿dejar solos a tus hijos y tu esposa? si ahí no les puedes resolver los problemas menos estando lejos te lo digo de corazón.

Jerry__ con eso me quieres decir ¿que no me ayudaras?

Marissa__No es que no quiera hacerlo, es que no puedo hacerlo, esta no es la solución a tus problemas, ¿me entiendes? Mira, no me lo tomes a mal es un consejo de amigos, si te dedicas a trabajar más tiempo del que pasas en la pc, veras como tus problemas económicos serán menos, ¿me explico?

Jerry__si, perdóname me aloque, es que estoy desesperado, debo muchas cosas y no se como le voy a hacer esta quincena, pero tienes razón me saldré a vender.

Marissa__no quiero que pienses que no te quiero ayudar, pero es lo más sensato, aquí solo vendrías a pasar más problemas de los que ya tienes razónalo y veras, ahí por lo menos tienes un trabajo seguro.

Una esposa y unos hijos que te quieren y se preocupan por ti, no pierdas lo que ya tienes por venir a una aventura, a un país donde se vive de otra manera, donde todo para ti seria incierto.

Jerry__si tienes razón, gracias por tu consejo, es que viendo así las cosas, pues todo es diferente, no te preocupes saldré de esta, he salido de unas peores, tienes razón la solución es trabajar como esclavo, para vivir como pobre, ¡jajaja! no te creas, pero si tienes razón le echare más ganas a lo mió y a ver que pasa.

Marissa__creo que esa es la mejor ayuda que te puedo dar, que te des cuenta de que las cosas no son tan trágicas como a veces las vemos, y que ahí lo que tienes es seguro, solo es cuestión de echarle ganas.

Jerry__ lo se preciosa, gracias de verdad, bueno pues te dejo me tengo que salir a ver unos clientes, cuídate mucho y gracias amor.

Marissa__ tú también y espero que no te sientas mal, pero no seria leal de mi parte apoyarte en algo que no seria bueno ni para ti ni para tu familia.

Jerry__no de ninguna manera nena, al contrario creo que ahora veo las cosas diferentes, mañana te buscare para hacer el ciber amor ¿ok?

Marissa__¡jajaja! Jerry! ¿tú no entiendes? solo ponte a trabajar.

Jerry__ ta bueno, yo nomás decía, a ver si caías, ¡jajaja! bye amor.

Marissa__no tienes remedio, ¡jajaja! bye y suerte

Jerry__gracias amor tu igual.

Marissa y Bob, se encuentran a la hora de siempre pues de unos meses para acá se acompañan a trabajar a través de sus pcs.

Bob__ hola mi princesa ¿como estas?

Marissa __ muy bien amor ¿tú?

Bob__ bien mi cielo, aquí terminando un trabajo que tengo que entregar en un rato más, así que cuando veas que no te contesto rápido es porque estoy escribiendo esto ¿ok? espero no te molestes.

Marissa__claro que no, tu sabes que yo estoy igual un rato platico contigo y otro checo mi trabajo, así que no te preocupes yo entiendo.

Bob__ gracias amor, fíjate que también estoy con una amiga en el msn pues le paso una desgracia.

Marissa__no me digas, ¿que fue lo que le paso? bueno si se puede saber.

Bob__claro que lo puedes saber princesa, tu sabes que entre tu y yo no hay secretos, es que fue la ciudad de México de visita con una amiga, y fíjate que las asaltaron y su amiga murió en el asalto.

Marissa__ que pena de verdad, lo siento mucho si puedo ayudar en algo, me dices ¿ok?

Bob__ gracias princesa, más bien, rezar yo creo que

esa es la mejor ayuda que le podemos brindar en estos momentos, espera amor.

Marissa__ok.

Mientras Bob esta con su amiga en el msn, Marissa recibe una llamada de uno de sus empleados avisándole que hubo un incendio, en una de las casas que están remodelando, la causa fue un corto circuito en una de las máquinas que estaban usando para barnizar el piso de madera.

Marissa que esta al teléfono con su empleado, se preocupa por lo que esta pasando y empieza a movilizar todo para resolver el asunto, en ese momento le llama su padre al enterarse de lo sucedido le dice a su hija que cuente con su apoyo en todos los sentidos y la vera en el lugar del accidente.

Marissa__Bob tengo que salir, salúdame a tu amiga, y dile que lo siento mucho y que orare por ella y por su amiga ¿ok?

Bob __ gracias princesa se lo diré y gracias por entender que ella me necesita en este momento, te manda saludos amor

Marissa __Gracias amor te veo más tarde ¿ok? cuídate que Dios te Bendiga.

Bob__ igual para ti, bye princesa.

Marissa sale corriendo para el lugar del accidente, ahí se encuentra con su padre quien llego unos minutos antes, afortunadamente ya los empleados tenian controlado lo del fuego.

Marissa se desespera al ver todo el lugar destruido, su padre le da ánimos y le dice que no se preocupe que todo va a estar bien.

Marissa trata de tomar las cosas con calma, pues sabe que solo así podrá pensar como resolver de la mejor manera el problema.

después de revisar los daños, dice a su padre que afortunadamente solo son daños materiales, que tienen solución.

Su padre le da su apoyo incondicional.

Marissa recarga su cabeza en el hombro de su padre, como cuando era niña y se siente feliz de tenerlo a su lado en esos momentos.

Entre bomberos, agentes de seguros, abogados y toda la gente que esta involucrada en el accidente, transcurre todo el día y ya casi es la media noche. El padre de Marissa sugiere que se vayan a descansar y al día siguiente terminaran lo que reste, pues ya están muy cansados.

Marissa esta de acuerdo con su padre pues realmente fue un día muy tenso y se siente rendida. Esta bien papá tienes razón de cualquier modo a esta hora ya nada podemos hacer, como te agradezco tu apoyo y que estuvieras aquí conmigo no sabes el bien que me hiciste.

Sabes que te adoro hija y que siempre voy a estar contigo y más en los momentos críticos, entiende que solo quiero que estés bien te amo hija,eso no lo dudes nunca.

Lo se papi y lo siento, yo también te amo gracias por ser mi papá.

Gracias a ti por ser la mejor hija del mundo, aunque no te lo diga, estoy muy orgulloso de ti y vas a ver como esto se va a resolver.

Lo mejor de todo esto, fue tenerte a mi lado y sentir todo tu amor y tú apoyo, gracias papi, perdóname si alguna vez dude de que me amaras.

Mi amor, entiende que eres lo más importante en mi vida.

Marissa esta llorando como una niña, para ella ese momento con su padre es muy importante, pues le borra todo el mal entendido que ella tenía respecto a el, meses atrás cuando paso lo de Richard.

Te propongo algo muñequita.

Dime papi.

Vamos a cenar algo y después te llevo a tu casa, si lo prefieres vienes a dormir a casa, te veo muy cansada y con todo lo que paso no hemos comido nada.

Te acepto la invitación pero no hoy papi, si estoy muy

cansada pero te juro no podría pasar alimento alguno, quisiera irme a mi casa, prefiero manejar papi tengo muchas cosas en que pensar me hará bien estar sola.

prométeme que te cuidaras y aunque sea tomaras algo ligero antes de ir a la cama, no me gusta verte tan pálida.

Prometido sr. Dawson, y gracias de nuevo nos llamamos mañana, dale un beso a mamá de mi parte ¿si?

Claro hija, te amo, llámame por favor en cuanto llegues a tu casa, solo para saber que llegaste con bien.

Marissa va de regreso a casa y recibe la llamada de Molly en el celular.

Marissa, acabo llegar a Miami y me entere de lo sucedido esta mañana, no sabes cuanto lo siento, no imaginas lo preocupada que he estado, pero, ¿cómo estas tú? ¿cómo esta todo?

Yo estoy bien Molly, los daños fueron fuertes, pero, nada que no tenga solución, ¿sabes algo? No me alegra lo que paso, pero, por un lado, fue bueno.

¿Cómo Marissa? ¡no entiendo!.

Si Molly... ¿sabes porque? porque mi padre estuvo ahí conmigo todo el tiempo, me sentí tan segura, tan protegida que la verdad no le vi tanta gravedad al asunto, más bien, estaba feliz de tenerlo ahí preocupado solo por mi problema, lo hubieras visto, haciendo llamadas para que me ayudaran, haciéndose cargo de todo, como si el problema fuera de él.

¡Marissa! Pero, si tú sabes que él te adora y no tienen que pasar esas cosas para que lo sepas.

Molly no sabia que me amaba tanto, solo que ahora lo sentí más cerca de mí, lo hubieras visto, me ayudo, estuvo conmigo en todo momento,respetando mis decisiones y yo me sentí orgullosa a su lado.

Te entiendo se cuanto quieres y admiras a tu padre, me da gusto por ti, ahora confirmás que el nunca ha estado indiferente a tus problemas.

Así es Molly y no sabes cuanto lo quiero, y estoy súper feliz amiga quisiera gritar que adoro a mi padre.

Pues hazlo, nada te lo impide, grítalo si así lo deseas, no te quedes con las ganas .

La gente pensara que estoy loca, pero ¿sabes?
lo haré, ¡jajaja!

Marissa se pone a gritar con todas sus fuerzas, amoooooooo a mi padreeee es el ser más increíble del universooooooooo, ¡jajaja! Molly soy muy feliz.

¡jajaja! lo se, casi me quedo sorda con tu grito, ¿sabes algo? me contagie de tu locura, me iré a dormir contigo esta noche, tomaremos vino y gritaremos las dos juntas ¿te parece?.

Excelente idea Molly, aunque ya son casi las 2:00 am. pero no importa estoy feliz, mi padre me ama, se preocupa por mi, por mis problemas, lo amo es el padre más maravilloso del universo.

¡jajaja! Al fin lo reconoces me encanta escuchar eso, bueno te veo en un rato, ¿ok? ya casi estoy en camino.

Esta bien mi queridísima Molly, yo ya estoy por llegar a casa, mientras llegas me daré un baño y preparare el vino, ¿oye Molly?

Dime

¡gracias! Porque siempre cuento contigo.

Esa palabra no existe entre hermanas, entiende solo una cosa, que tu felicidad, es también la mía, te quiero mucho Marissa.

Yo también te quiero mucho a ti, es más lo gritare también, ¡jajaja! Quierooooooooo muchoooo a Mollyyyyyy, se siente bien ¿sabes?

Estas muy loca, pero, me encanta escucharte así, dentro de todo lo que paso tienes razón, algo muy bueno vino con todo esto, ya estoy lista en 5 minutos llego.

Te espero bye.

Minutos más tarde Molly llega y las dos amigas se

salen a la playa a caminar.

Te acuerdas Marissa, ¿cuantas noches que sentíamos miedo o que teníamos algún problema que según nosotras no tenían solución, veníamos a aquí, a caminar? la tranquilidad de la playa nos ayudaba a pensar más claramente las cosas.

Si Molly, y sin embargo como han cambiado las cosas, hace tanto que ya no lo hacemos, yo metida en el Internet y tu con Steve, como hemos cambiado.

Todas las etapas que vivimos son buenas, mira ahora tu tienes una nueva ilusión, o más bien,varias ¡jajaja! pero a pesar de todo siempre estamos juntas.

¿Sabes? En estos momentos me siento, no se como explicártelo, pero me siento tan tranquila, tan feliz, y mira que con lo que paso hoy en el trabajo no debería estarlo, pero me siento feliz, de saber que mi padre esta conmigo.

El nunca ha estado lejos Marissa, bueno no te voy a negar que, siempre esta muy ocupado, pero, eso no quiere decir que no te ame.

Ahora lo se Molly, hoy fue algo muy especial para mí, dejo que yo tomara todas las decisiones.

Y así tenía que ser, la responsabilidad es tuya.

Si, pero aquí lo importante fué, que me demostró su confianza, en otros tiempos el hubiera resuelto todo sin pedir mi opinión, por muy mi negocio que fuera, siempre me sobre protegió, y yo me sentía incapaz de resolver nada.

Pero has madurado y el lo sabe, por eso permaneció a tu lado solo observándote, el sabe quien eres, y de lo que eres capaz.

Hoy me sentí más orgullosa que nunca de ser su hija, adoro a mis padres

Lo se, pero a ver cuéntame ¿estuvo fuerte lo del accidente?

Si mucho, espero que los clientes no quieran demandar, la verdad es que ya el seguro se esta haciendo cargo del asunto, pero realmente no se que va a pasar.

No te preocupes estoy segura que todo va a salir bien.

Así lo espero yo también Molly.

Marissa quiero decirte algo, no se como lo vayas a tomar, pero creo que lo tenemos que hablar.

¿Qué pasa Molly? me asusta tu tono.

Con todo esto que paso no hemos hablado lo del proyecto de Orlando.

Cierto Molly ¿cómo te fué?

¿cómo te lo digo?

Yaaaa Molly, dime ¿lo aceptaron?

Siiiiiiiii, aceptaron el proyecto, el precio, las condiciones de pago, todo sin chistar, en pocas palabras, están encantados con nuestro trabajo.

Mollyyyy eso es maravillo, este es el proyecto más importante que hemos tenido desde que abrimos la tienda, te imaginas de aquí, para arriba.

Así es Marissa, pero...

Ah pero, ¿es que hay un pero Molly?

Si Marissa, es que yo me voy a tener que ir a vivir a Orlando, tú sabes que el proyecto requiere que una de las dos estemos ahí, la primera etapa me corresponde a mí pues es la etapa de la construcción y la segunda a ti que es la decoración .

Es verdad Molly, no había pensado en eso.

Lo se por eso quiero que estés consciente de que estarás aquí sola en la tienda, y que no nos veremos tan seguido, solo podremos estar en contacto por mail, y por teléfono.

Molly, te voy a extrañar mucho, la tienda no es problema para mi, tenemos personal suficiente para resolver las cosas, lo que me entristece es que no nos veremos como hasta ahora.

No quiero que esto te afecte Marissa, quiero que le pongas muchas ganas a todo, ¿si?

Claro Molly, no te preocupes, creo que lo más difícil ya esta superado.

Me da gusto oírte hablar así, ya veras que el tiempo va a pasar rápido y más pronto de lo que imaginamos estaremos juntas otra vez.

Si Molly, aunque no dejo de sentir tristeza, tu eres la hermana que nunca tuve y me voy a sentir muy sola.

Eso es precisamente lo que no quiero Marissa, piensa que esto es transitorio y estaremos juntas muy pronto, no quiero verte triste.

Esta bien Molly, ¿cuando te vas?

Máximo en una semana, cuanto más pronto empecemos mejor, además tengo que rentar un departamento, tú sabes ¿no?

Si entiendo, pero tienes razón no hay que estar tristes.

Así pasan la noche platicando tomando vino y caminando en la playa, ni cuenta se dan en que momento se quedan dormidas a mitad de la playa y cuando despiertan ya es de día.

Marissaaa, despiertaaa, ¡jajaja! nos quedamos dormidas, aquí cual viles tepochoritas.

No lo puedo creer Molly ¡jajaja! ya es tardísimo vamos adentro tengo que ver que paso con lo del accidente de ayer.

Marissa se pone en contacto con sus abogados para saber como terminara todo lo del accidente, después de ver todos los detalles se va para la oficina.

En la oficina Marissa concluye todo lo relacionado con el accidente y se pone en contacto con sus ciber amores, pues llego el momento de empezar a eliminar a tres.

El primero que encuentra es Jerry.

Jerry__hola primor ¿dónde andabas? te he extrañado, mucho amor.

Marissa__hola Jerry, gracias, yo también he pensado en ti.

Jerry__¿de verdad nena? sabia que soy irresistible ¡jajaja! es broma, no te creas.

Marissa__ lo se Jerry, me encanta tu sentido del humor, y puedo notar que ya estas de mejor animo.

Jerry__si nena se me han compuesto mucho las cosas, ¿sabes? eres mi amuleto de la buena suerte, desde la ultima vez que hablamos me ha ido súper en los negocios.

Marissa__ me da gusto, es que ahora si estas trabajando no es cuestión de amuletos.

Jerry__que te pasa nena, te siento diferente, ¿tienes

algún problema?

Marissa__no, lo que quiero decirte es que no pienses en mí de otra manera que no sea solo como amiga.

Jerry__ ¿por qué nena? eso si que me entristece, ¿qué fue lo que paso?

Marissa__Es una locura pensar de otra manera tú eres casado, vivimos muy lejos, no tenemos cosas en común, pero si podemos ser muy buenos amigos.

Jerry__Lo sabía nena, sabía que no eras para mí, pero te quiero si solo puedo ser tu amigo, cuenta conmigo.

Marissa__gracias Jerry, no sabes el gran peso que me quitas de encima, perdóname pero no te puedo querer de otra manera y no te quería lastimar.

Jerry__ no te preocupes, no lo haces y cuando necesites de un buen amigo, de una buena charla, no dudes en buscarme.

Marissa__gracias Jerry, ten la seguridad de que lo haré.

Jerry__bueno nena, me tengo que retirar, ahora si tengo mucho trabajo, y recuerda ya sabes donde encontrarme.

Marissa__si y gracias, te quiero

Jerry__cuídate nena, un beso bye

Marissa__igual para ti bye.

Jerry__¿Oye nena?

Marissa__dime Jerry.

Jerry__ si te sientes sola y te quieres relajar, tener tu sabes un buen rato.

Marissa__¡jajaja! Jerry, no cabe duda que no tienes remedio, pero no gracias, solo amigos ¿de acuerdo?

Jerry__aunque no quiera, ya tomáste la decisión ¡jajaja! no te creas es broma, claro amigos por siempre, ahora si bye.

Marissa__bye.

Marissa siente un poco de pena por Jerry pues lo sientió un poco triste, pero en el fondo sabe que fué lo mejor pues esa relación era una locura que no llegaría a nada, asi que abre su correo y se encuentra un mail de Joe.

Hola huerquita preciosa:
¿Qué paso contigo? no me has enviado la foto, ¿no estás tan chula como me dijiste? ¡jajaja! es broma huerca no te vayas a molestar, ya sabes como soy, pero si quiero que me la mandes ¿ok?
cuídate mucho y no se te olvide, a ver si te veo en la noche en el msn, te mando un beso y un fuerte abrazo.

Joe el Vaquero feliz.

Marissa esta leyendo su correo cuando entra Bob a saludarla.

Bob__hola princesa, ¿como estas?

Marissa__muy bien Bob ¿y tú?

Bob__ya sabes un poco triste por lo de mi amiga, pero la vida sigue.

Marissa__si así es.

Bob__ te extrañe ayer, ya no te conectaste, o es que ¿te molestaste porque estaba con mi amiga? si es así perdóname, pero es que sentí que ella me necesitaba mucho en esos momentos.

Marissa__no como crees, seria muy egoísta de mi parte no entender el problema en ese momento.

Bob__entonces ¿por qué ya no te conectaste? ¿me lo puedes decir?

Marissa__claro Bob, es que hubo un accidente en una de las casas que estoy redecorando, fue muy fuerte y ahí pase todo el día.

Bob__ ¡princesa! ¿por qué no me lo dijiste? ¿acaso no me tienes confianza?

Marissa__no es eso amor, solo que te vi muy preocupado con lo de tu amiga y no te quise complicar más.

Bob__ ¡princesa! perdóname, fui muy egoísta, y tú todavía apoyándome cuando estabas pasando un gran problema, te admiro más ¿lo sabes?

Marissa__gracias, pero no te preocupes ya todo esta solucionado gracias a Dios.

Bob__ ¿de verdad amor? ¿ me lo juras?

Marissa__ si ya todo esta arreglado, tengo seguros y gente que ya esta arreglando los daños, no te preocupes.

Bob__perdóname princesa, por no haber estado para apoyarte, cuando tú eres lo primero para mí.

Marissa__ no te sientas mal, no tengo nada que perdonarte, así pasan las cosas, yo entiendo.

Bob__ ¡Ay! mi princesa, eres un ángel, siempre tan compresiva por eso te amo.

Marissa__gracias amor, pero dime ¿cómo sigue tu amiga?

Bob__ será cuestión de tiempo para que se recupere, tú sabes.

Marissa__ si amor y lo siento mucho

Bob__ gracias princesa

Marissa__sabes no se cuando me volveré a conectar, tengo que ir a ver la tienda que estamos decorando tengo que pasar ahí toda la noche pues la abrirán en dos días y tendré que ultimar detalles.

Bob__ princesa, trabajas mucho, casi no duermes no comes bien, no te me vayas a enfermar amor.

Marissa__ no te preocupes siempre he sido muy sana además recuerda que soy adicta al trabajo.

Bob__lo se amor, pero no te confíes y cuídate ¿si? recuerda que te necesito.

Marissa__si no te preocupes, claro que voy a estar bien.

Se despiden y Marissa envía su foto a Joe después sale a la tienda que están decorando sus empleados.

Ya en la tienda, Marissa esta revisando el trabajo y se desmaya , cosa que alarma a todos, uno de sus empleados se comunica con el padre de esta y le hace saber lo sucedido.

El padre de Marissa llega a donde se encuentra su hija, quien afortunadamente ya esta siendo atendida por los paramédicos pero aún no recobra el sentido, los paramédicos le informan que Marissa tendrá que ser trasladada al hospital.

Este a su vez avisa a su esposa y a molly lo sucedido y queda de verlas en el hospital.

Cuando ellas llegan el padre de Marissa les dice que le
están haciendo estudios para ver que causo el
desmayo, Molly les cuenta que Marissa últimamente
casi no come y trabaja demasiado.

Greg el medico y amigo de la familia le dice a Jhon

¿sabes Jhon? no me gusta nada ese desmayo,
Marissa ya recobro el sentido pueden llevarla a casa
pero tiene que descansar y bajar su ritmo de trabajo
un poco, además de alimentarse mejor, en cuanto
tenga los resultados de los estudios que le hicimos te
lo haré saber.

¿Tú crees que sea algo serio Greg? estoy muy
preocupado, mi hija siempre ha sido muy sana tú lo
sabes.

No adelantemos acontecimientos, esperemos los
resultados, por lo pronto le recetare unas vitaminas.

El padre de Marissa le dice que tiene que cuidarse
pues les acaba de dar un buen susto.

Marissa a su vez le pide que no se alarme que fue solo
un simple desmayo.

Ya en casa Marissa pide a sus padres y a Molly que no
la traten como bebé.

Molly le dice que se tome de descanso solo unos días
y que ella se hará cargo de todos los pendientes.
Marissa que se siente un poco débil acepta la oferta y
se lo agradece, cosa que también hacen sus padres.

Bueno hijita nos quedaríamos más tiempo pero tienes que descansar un poco y alimentarte bien, no entiendo como no te quieres ir a nuestra casa, si necesitas cualquier cosa no dudes en llamarnos y por favor cuídate, estaremos al pendiente de ti.

Si, les agradezco la invitación pero estaré bien, gracias

Cuando los papás de Marissa se van Molly la regaña, de veras que te pasas, ¿ves porque te decía que no deberías de mal pasarte? no te imaginas lo preocupados que nos tenías.

Ya, no me regañes, ya me voy a portar bien ¿te digo la verdad? yo también me asuste, pero no quiero preocupar a mis padres, a ti no te puedo mentir, por eso te prometo descansar me siento agotada.

Es en serio Marissa, cuídate recuerda que nada es más valioso que tú.

Lo se Molly ya lo entendí gracias por todo.

Bueno yo también ya me tengo que ir, ahora tendré el doble de trabajo y tenemos varias citas pendientes, no quiero que te preocupes por nada descansa y relájate pero sobre todo come bien, yo regreso más tarde, ¿ok?

¿Ok? Madrastra,¡jajaja!

Antes de irse Molly da instrucciones a Martha para

que cuide a Marissa y le haga una comida saludable.

No se preocupe señorita Molly usted sabe como quiero a mi niña yo me encargo de ponerla bien fuerte otra vez.

Gracias Martha si no te hace caso me llamas ¿ok?

No se preocupe Molly sus papás me dieron la misma recomendación y ya les dije que mi niña esta en buenas manos.

Molly se va tranquila pues sabe que Martha adora a Marissa y la cuidará.

Marissa, va directo a su computadora para revisar su correo y es muy grata su sorpresa al encontrarse conectado a Joe, su querido Vaquero feliz.

Joe__ ¡Hola huerca! que gusto te estaba esperando.

Marissa__gracias Joe, igual me da gusto verte.

Joe__¿oye huerca?

Marissa__ dime Joe.

Joe__Ya vi tu foto, y déjame decirte algo.

Marissa__si lo que quieras dime

Joe__ ¿no te da pena?

Marissa__¿pena? ¿por qué Joe? si es una foto normal

no tiene nada de malo.

Joe__si huerca, pero quiero saber ¿si no te da pena estar tan preciosa? ¡jajaja! no te me asustes.

Marissa__¡jajaja! tú siempre tan bromista

Joe__no, si no es broma huerca, me dejaste gratamente sorprendido, eres mucho más hermosa de cómo te describes.

Marissa__pues agradezco lo que me dices.

Joe__ Y que me cuentas, huerca preciosa.

Marissa__ pues te cuento que no puedo estar mucho tiempo conectada, pues acabo de salir del hospital y me siento algo cansada la verdad.

Joe__ ¿del hospital? ¿porque preciosa? ¿que te paso?

Marissa__pues estaba trabajando y me desmaye, yo creo que es porque he tenido un poco de exceso de trabajo y la verdad no había descansado.

Joe__ Pues tienes que cuidarte preciosa, no todo es trabajo tu salud esta primero que nada, sin ella no se puede hacer nada.

Marissa__si lo se, y te confieso que si me asuste , pues solo recuerdo cuando llegue a el lugar donde estaban mis trabajadores y cuando desperté ya estaba en el hospital, el ver a mis padres tan preocupados me asusté, pero creo que no paso de ser un simple desmayo.

Joe__no te me confíes huerca, los desmayos son avisos del cuerpo que algo no anda bien, así que mejor cuídate, mira que aquí hay un vaquero feliz al que le haces falta, o que ¿no?

Marissa__ Gracias Joe, tus palabras son muy lindas, sabes me siento cansada, me gustaría ir a dormir yo creo que el medicamento me hace sentir sueño.

Joe__Esta bien huerca preciosa, pero antes contéstame algo.

Marissa__claro, dime ¿que quieres saber?

Joe__Pues no es fácil para mí decir esto, ¿quieres ser, mi vaquerita?

Marissa__¡jajaja! Joe, que simpático eres .

Joe__Mira yo no soy de mucho hablar huerca, pero me gustaste desde el primer día, como hablabas, lo que escribías, tu manera de ser y de pensar y pues para serte honesto ahora que vi tu foto, pues me gustaste más, estas re-chula la verdad.

Marissa__ gracias Joe, en verdad me da gusto que me lo digas.

Joe__Entonces que huerca ¿eso quiere decir que si?

Marissa__me gustaría que nos conociéramos en persona, que nos tratáramos más.

Joe__Ta bien huerca ¿cuando vienes? o ¿cuando me invitas a conocerte?

Marissa.__ ¿de veras vendrías?

Joe__claro huerca, si tu me lo permites yo voy.

Marissa__ claro que te invito, me encantara conocerte.

Joe__ok huerca pues ya estamos, tú eres mi novia y yo voy a visitarte, ¿estamos?

Marissa__¡jajaja! Joe, ese no era el trato, como vamos a ser novios si no nos hemos tratado más a fondo.

Joe__ Yo no necesito tratarte más para darme cuenta que eres una mujer en toda la extensión de la palabra, y me da gusto que el guey de tu novio te haya salido maricón, y perdóname pero soy honesto.

Marissa__¡jajaja! Joe, no te preocupes eso ya no me afecta, me hiso darme cuenta que finalmente no hay mal que por bien no venga, si eso no hubiera pasado no estaríamos hoy aquí.

Joe__Así es huerca.

Marissa__Joe me muero de sueño.

Joe__ y yo no quisiera dejarte ir huerca, me la paso tan a gusto contigo. Eres una chulada en toda la extensión de la palabra.

Marissa__sigue leyendo a Joe quien hoy esta más platicador que nunca y Marissa solo por cortesía lo hace pues en realidad se siente muy débil y con ganas de dormir y dormir.

El amanecer es muy hermoso, Marissa piensa mucho en Bob en su tristeza y piensa ¿como se encontrará? ¿que pensará de que no me pude comunicar con él?

El papá de Marissa Llama a Greg el doctor para saber si ya tiene los resultados sobre los exámenes que hicieron a su hija.

Jhon, me gustaría que lo platicáramos en persona, ¿porque no vienes a mi consultorio esta misma tarde?

Claro Greg ahí estaré a las 5:00 p.m. ¿Te parece?

Perfecto aquí te espero.

Molly quien también esta preocupada por Marissa se comunica con John para saber si el doctor ya le dio los resultados de los analisis.

Hola Jhon, soy Molly.

Si Molly preciosa, ¿como estas?

Bien gracias ¿ustedes como están?

Bien Molly, gracias dime ¿que se te ofrece?

¿sabes? Estoy un poco preocupada por lo del desmayo

de Marissa y quería saber si ya tienes los resultados.

No Molly aún no, pero precisamente esta tarde me cito Greg en su oficina, para platicar conmigo, en cuanto salga de ahí yo te informo.

¿No seria mucha molestia si yo también voy? me gustaría también platicar contigo y así de paso me informo de lo de Marissa.

Claro Molly me dará mucho gusto que me acompañes por mi no hay ningún inconveniente, así que si gustas te espero en mi oficina a las 4:00pm

Si John ahí estaré a esa hora y gracias.

Gracias a ti Molly.

Transcurre el día sin contratiempos y Molly llega a la hora acordada a la oficina de Jhon, quien la recibe con mucho gusto.

Dame un segundo y nos vamos Molly, después de dar una instrucciones a su secretaria John sale con Molly rumbo al hospital donde Greg ya los espera.

Buenas tardes Greg ¿como has estado?

Bien Jhon gracias, si gustan tomar asiento para estar más cómodos, John lo que te tengo que decir es muy serio, la verdad es que yo no esperaba estos resultados.
Por favor Greg, me estas asustando.

iré al grano, el desmayo de Marissa se debe a algo muy serio, presenta una leucemia bastante avanzada, de la llamada incurable.

John y Molly quedan paralizados con la noticia.

Greg, ¿dime que eso no es cierto? ¿que eso no esta pasando? ¿no a mi hija? no sabes el dolor tan grande que estoy sintiendo en estos momentos.

Lo lamento John, créeme que no me gusta dar esta clase de noticias, era importante que supieras que a Marissa le queda poco tiempo de vida, se que es difícil para ti y que querrás consultar otros médicos pero créeme los mejores médicos están involucrados en esto y si te lo digo es para que no pierdas tu tiempo solo dale calidad de tiempo a tu hija.

Hazle pasar el mejor tiempo posible, ese es mi consejo de amigos, ¿el de medico? se puede alargar un poco el tiempo ¿cuanto? No lo se con exactitud, pero es cuestión de meses solamente, todo depende de ella y de su organismo, eso es todo lo que te puedo decir.

John esta deshecho, Molly jamás lo había visto así y disimula también su dolor, para darle fuerza le dice:

Todo va a estar bien, iremos a otras clínicas, Marissa es fuerte la ciencia avaza todos los días.

¿No escuchaste Molly? Esta en las mejores manos, ya no hay tiempo.

Tiempo, que ironía, lo que Marissa siempre nos pidió

a su madre y a mi y que por los estúpidos negocios jamás le dimos.

Greg que le duele ver así a su amigo trata de confortarlo, nada ganas con torturarte así John, se que no es fácil, pero trata de calmarte, recuerda que ahora tu hija te necesita más que nunca y puedes recuperar todo ese tiempo perdido, dedícale todo tu tiempo desde hoy.

por favor Greg, Molly, no quiero que mi hija lo sepa, no quiero que se de cuenta de lo que le esta pasando no quiero que piense que estamos con ella por lastima, ustedes mejor que nadie saben que es mi adoración.

Lo sabemos Jhon, pero no podemos ocultárselo, tendrá que venir a tratamiento ella es muy inteligente se dará cuenta de inmediato.

Invéntale algo por piedad, que no sepa la gravedad del asunto, esto será un secreto entre nosotros tres ¿me lo prometen?

Por mi no hay problema John tú sabes que para mi Marissa es mi hermana, le dice Molly.

Pues si ustedes están de acuerdo me uno por el amor a Marissa que para mi es como una hija, les dice Greg.

Así quedando de acuerdo y con gran dolor salen del hospital Molly y Jhon, este le pregunta a Molly que puede hacer para lograr que Marissa sea completamente feliz antes de su deceso.

Molly dolida por todo lo que esta pasando, le cuenta a John todo lo que Marissa ha pasado desde el día que supo lo de Richard, le cuenta todo a detalle, lo de su depresión, sus mal pasadas tanto al comer como al dormir y lo de sus enamorados de la Internet.

Aunque te parezca increíble es una ilusión que la mantiene contenta, la distrae y cree estar enamorada ella cree que de todos, pero se que esta confundida.

John conmovido y con lágrimas en los ojos por el gran dolor que siente por lo que esta escuchando le dice a Molly.

No puedo creer todo lo que me dices, cuanta soledad sentía mi hija y yo pensando que le había dado todo y era plenamente feliz, que no le hacia falta nada, que ciego fuí, que tarde me di cuenta.

No te lastimes así John, lo que pasa es terrible pero, tú no eres el culpable.

La deje sola mucho tiempo, ¿te das cuenta de eso Molly? Y ahora se me va para siempre y no puedo hacer nada.

Si puedes, se fuerte, acércate a ella, apoyala ayudala a que sea la mujer más feliz mientras pueda, deja que se vaya con una sonrisa en sus labios.

Jhon con los ojos llenos de lágrimas le dice, no quiero que mi Marissa se muera, Molly.

Nadie queremos que pase John y entiendo tu dolor pero tenemos que ser fuertes si no queremos que ella lo sepa, no te puede ver en ese estado.

Si, tienes razón, dime que puedo hacer aparte de darle todo mi tiempo y mi amor para que mi muñequita sea feliz.

Pues ayudemosla a encontrar el amor, ¿te parece?

Si Molly, lo que sea dime ¿que hago?

Déjame hablar mañana con ella y te diré un plan.

Esta bien Molly, lo que tú me digas haré, la verdad es que con este dolor, no tengo cabeza para nada.

Lo se John, yo también me estoy muriendo de dolor pero se que tengo que ser fuerte y todavía te falta lo más difícil que es decírselo a tu esposa.

Es verdad Molly, no había pensado en Kery, va a ser un inmenso dolor para ella también.

Recuerda que tienes que ser fuerte, no te dejes vencer por el dolor, porque así no podrás ayudar a Marissa.

Lo seré Molly aunque me va a costar mucho trabajo, no olvides en lo que quedamos, Mañana nos reuniremos a comer todos juntos.

Esta bien John, hasta mañana ¡Te quiero mucho! Tú sabes que para mi eres como mi segundo padre.

Yo también te quiero mucho Molly y gracias por estar aquí hoy.

Molly en respuesta le da un abrazo muy fuerte, le duele tanto ver así a John.

John llega a su casa y cuenta a su esposa lo que esta sucediendo

Kery loca por el dolor le dice, estas mintiendo John es una broma.

Si, es una broma muy cruel del destino Kery, y lo peor de todo es que no tenemos mucho tiempo para demostrarle cuanto la amamos.

Kery reacciona de una manera que John no puede creer, loca de dolor y con un llanto incontrolable le dice a John.

Pues yo no voy a estar aquí para ver a mi hija consumirse, si su enfermedad que solo va a avanzar yo no quiero verla morir, así que yo me voy de aquí, me iré a Inglaterra a casa de mis padres.

Estas mal mi amor, cálmate por favor, entiendo tu dolor y créeme estoy igual pero tenemos que ser fuertes, nuestra hija nos necesita.

No John yo no puedo con esto, me voy a ir, no entiendes no quiero ver el final de mi hija.

John abraza a Kery con todo su amor, verla sufrir lo

esta destruyendo más, amor, trata de calmarte por favor, descansa un poco y más tarde lo platicamos por ahora el dolor no te deja pensar bien las cosas.

Kery esta tan mal que Greg tiene que ir a inyectarle un tranquilizante para que pueda dormir.

¿No se como manejar esto Greg? ver así a Kery, saber que mi hija morirá pronto, ¿porque? Me lo pregunto tantas veces y no encuentro la repuesta.
Es desesperante saber que ya no hay nada que hacer.

Dime Greg ¿de que me sirve tanto dinero, si no puedo cómprale a mi hija tiempo de vida? Si no puedo darle felicidad.

Greg esta tan conmovido por ver a su amigo llorando, sufriendo y sabe que no hay palabras que puedan mitigar ese dolor.

después de aplicarle también un sedante a John, Greg se despide diciéndole que si lo necesita no dude en llamarle.

A la mañana siguiente John despierta cerca de las 11:00 am. se sorprende de la hora que es pues siempre se levanta a las 6:00 am. Pero sabe perfecto que son los efectos del sedante.

Al ver que Kery no esta en la cama la busca en el baño, sale de la habitación para ver donde esta y se encuentra con una de las empleadas de la casa y le dice que le diga a su esposa que vaya a la recamara.

La empleada le dice que la señora salio muy temprano en la mañana con una maleta en la mano.

John no puede creer lo que esta escuchando y va al vestidor a revisar si falta algo de ropa, para su sorpresa encuentra un carta de Kery.

Mi amado John, perdóname, pero no estoy preparada para lo que se avecina, llámame cobarde, débil como quieras, pero yo no quiero ver a nuestra hija consumirse, no la quiero ver morir, prefiero tener la imagen de su sonrisa, sus mejores recuerdos, no los voy a dejar de amar jamás tal vez mi decisión sea la peor, no se, pero no quiero estar aquí, los amo, no te digo a donde voy porque ni yo misma lo se, solo quiero estar en un lugar lejos sola, con las fotos de mi Marissa. Kery

John se sienta a llorar como un niño, ya no puede más con tantas cosas que se le vinieron encima en tan poco tiempo.

Molly por su parte llega a visitar a su entrañable amiga. Hola Marissa ¿como amaneciste?

Ya mejor Molly, pero aún me siento un poco débil.

Lo se por eso será mejor que te tomes unos buenos días de descanso,¿sabes? Se me ocurrió algo.

¿Que se te ocurrió Molly?
Pues porque no viajamos juntas a conocer todos esos chavos de la Internet.

Si esto me hubieras dicho ayer, mi respuesta hubiera sido que si, pero ¿sabes molly? hoy tengo las cosas muy claras

No te entiendo Marissa ¿que me quieres decir?

Pues mira, Jerry, lo quiero mucho, es un buen amigo esta casado tiene una vida con su familia y jamás lo vi como el hombre de mis sueños, es simpático y seguiré siendo su amiga.

Si hablamos de Ray, ya me di cuenta que a el solo le interesa tener una aventura a través de la Internet, no quiere comprometerse a nada serio el es feliz así y cree en el amor a distancia, así que renuncio a Ray, lo seguiré queriendo y también seré su amiga pero ya no más verlo de otra manera.

Joe, mi vaquerito feliz, es una maravillosa persona, me divierto mucho con el, pero vivimos dos mundos diferentes, no dejare de quererlo nunca y seremos los mejores amigos .

Bob, aunque te parezca increíble, el es amor de mi vida, es a él a quien mi corazón eligió, por su bondad por la forma en que me habla, por sus valores, tiene tanto que me llena molly, que daría lo que fuera porque pudiéramos estar juntos.

Me sorprende tanto lo que dices Marissa, siempre pensé que estabas con Bob porque te daba ternura, porque eres muy sensible y te conmovía su historia, pero nunca imagine que en realidad lo amaras.

213

Así es Molly, estoy profundamente enamorada de Bob, pero se que el jamás dejaría su país porque eso significaría dejar de ver a sus hijos, y esos niños son su tesoro, además de que yo no me atrevería a decirle que renuncie a ellos por estar conmigo, lo amo demasiado como para enfrentarlo a esa decisión.

Eres una gran mujer Marissa, no sabes cuanto te admiro, pero no nos pongamos sentimentales ¿ok? ¿dime que quieres hacer hoy? Y no acepto que me menciones nada de trabajar porque decidí tomarme el día para pasarlo contigo.

Gracias Molly, no sabes cuanto necesito de tu alegría, ¿caminamos un rato por la playa? Hoy no tengo ganas de trabajar.

Adelante, tus papás nos esperan a comer así que caminaremos por la playa para llegar a su casa ¿te parece?

Si Molly me encanta tu idea vamos, me hará bien un poco de sol.

Mientras tanto John, trata de estar bien a pesar de todo lo que le esta pasando, pues no quiere que Marissa se vea afectada con nada.

Llegan las dos amigas y Marissa corre a saludar a su padre quien se encuentra sentado en la sala.

Hola papi, ¿como estas?

John le da un abrazo como si fuera la primera vez que la viera en mucho tiempo.

Bien hijita ¿tú como te sientes hoy?

Un poco débil papi, pero bien

Hola Molly, que bueno que están aquí, ordenare que nos traigan algo de beber.

Primero vamos a saludar a mamá, ¿donde esta en la cocina? Si es así creo que vendremos a comer más seguido, me encanta el sazón de mamá.

No, tu mami no esta en casa, tuvo que salir de viaje.

¿De viaje y sin ti? ¿A donde? No entiendo nada.

Bueno es que ya no tuvimos tiempo de avisarte, fue a visitar a tus abuelos a Inglaterra y con lo de tu desmayo pues olvidamos decírtelo.

Pero siempre vamos todos juntos, o por lo menos ustedes dos, jamás ha ido sola ¿pasa algo que no me quieras decir?

No hija, no te alarmes, es solo eso que te dije.

Molly, que no sabe que pasa pero intuye que no es nada agradable, interviene, si Marissa, a mi Kery me lo comentó cuando íbamos camino al hospital pero yo también con tanta cosa lo olvide.

Pues veo que no tengo otro remedio que creerles ya le

215

llamaré a casa de los abuelos y para saludarla y ver cuando regresa.

Bueno hija olvidemos eso por ahora y cuéntame, ¿has seguido el tratamiento que te dio Greg? es muy importante que lo hagas para que te repongas pronto he pensado invitarte a hacer un viaje ¿que te parece?

Molly los interrumpe aprovechando para informar a John, claro Marissa eso seria excelente, podrían ir a visitar a Bob, perdón Marissa es que me emocionó tanto la invitación de tu padre que se me salió.

John quien intuye lo que Molly le quiere decir, actúa de lo más natural.

Me parece excelente idea Molly, quiero conocer a Bob yo también.

Marissa no puede creer lo que esta escuchando pero se contagia de su entusiasmo, ¿de verdad papi?

Claro hija, no se quien es Bob pero cuentas con mi apoyo incondicional.

¡jajaja! Marissa ríe emocionada, no entiende que paso pero esta feliz, los tres juntan sus manos como los 3 mosqueteros y dicen uno para todos y todos para uno Gracias papi te amo.

A John se le rasan los ojos, se da cuenta con que poco su hija es feliz y se arrepiente de no haber estado más tiempo cerca de ella.

Molly le ayuda una vez más, bueno ¿que les parece que mejor pasemos a la mesa? muero de hambre.

¡jajaja! Molly, Tú nunca vas a cambiar amiga.

Los tres pasan el día en una charla muy agradable, Marissa cuenta a su padre como conoció a Bob y porque llego a la conclusión de que él es el hombre a quien ama, Jhon no ha dejado de poner atención en todo lo que su hija y Molly le cuentan, piensa para sus adentros, cuantas cosas se ha perdido por estar tan metido en los negocios.

Así que en ese momento toma la decisión de dejarlos el tiempo que sea para pasar todo ese tiempo al lado de su amada hija, y hacerla feliz desde ese momento hasta que Dios quiera.

En ese Momento frente a Marissa y Molly John se comunica con su secretaria y le pide que preparen el avión para salir al día siguiente a la ciudad de Monterrey.

Todos están tan contentos, que hasta han olvidado la ausencia de Kery.

A la mañana siguiente Molly y Steve despiden en el aeropuerto a Marissa y su padre deseándoles suerte y les dice que no se preocupen por los negocios que ella atenderá todo, que ellos solo disfruten.

Llega el momento de subir al avión Marissa abraza a Molly para despedirse y le dice al oído, gracias hermanita te debo una.

John, también la abraza y se le quiebra la voz, gracias Molly te quiero mucho.

Molly no lo deja flaquear y le dice, solo recuerda que tienes que ser fuerte, yo también los amo, bye.

Marissa y su padre suben al avión, ella va con una cara de felicidad que hace sentir mejor a John pues sabe que eso no lo paga con nada.

Cuando el avión despega Molly ya no puede más y se suelta a llorar como una niña, Steve que sabe como quiere a Marissa la abraza y le dice que tenga fe que todo va a estar bien, pero le entristece verla así.

Durante el viaje Marissa y su padre tienen tiempo de sincerarse el uno con el otro, John le dice que su madre se fue por tiempo indefinido que por favor tenga paciencia y espere a que ella la llame, Marissa le brinda todo su apoyo incondicional.

Horas más tarde Marissa y su padre llegan a la escuela donde trabaja Bob, una de sus compañeras les informa:

Salio a otro a edificio por unos documentos, si gustan tomar asiento, no tarda en regresar.

Gracias aquí lo esperaremos.

Marissa le dice a su padre que se siente un poco cansada pero que esta muy feliz y le agradece lo que esta haciendo.

Esto y más haría por ti mi cielo, eres lo que más amo en este mundo

En eso se abre la puerta entra un tipo de poco más de cuarenta años bien parecido pero luce un poco mayor va caminando hacia su escritorio, ve a Marissa a lo lejos y su rostro se le hace familiar.

Marissa que lo reconoce de inmediato le sonríe, Bob sigue caminando y entre más se acerca más se acelera su corazón, no puede creer lo que esta viendo, y le pregunta... ¿Princesa?

Marissa en respuesta le estira sus brazos y Bob confirma que si es su princesa y corre a abrazarla, la carga le da vueltas y muchos besos,

Marissa ríe feliz, ¡jajaja! Bob estas loco, ¡TE AMO!

Princesa no lo puedo creer ¿Tú aquí? estoy feliz ¡TE AMO, TE AMO, TE AMO!

Todos los presentes están contemplando la escena, y pasada la euforia del momento John interrumpe, ¡mjumm! bueno me quiero presentar.

Marissa interrumpe, oh si disculpa papi fue la emoción del momento, Bob te presento a mi padre, después de todas las presentaciones.

Bob les dice, me permiten por favor, solo recojo mis cosas y los invito a comer, no tardo nada.

John percibe algo en Bob que le agrada, abraza a su hija diciéndole, creo que Bob es un buen hombre.

Yo sabia papi, mi corazón me lo decía en todo momento.

Bob los lleva a comer el mejor cabrito de todo Monterrey, pasan una tarde deliciosa entre bromas, preguntas y anécdotas, Bob se ha ganado la confianza y simpatía de John y Marissa se siente aún más enamorada.

Esto lo tenemos que celebrar así que los invito a tomar una copa esta noche en el hotel ¿te parece bien hija?

Por mi no hay ningún problema papi, yo no se Bob si tenga con quien dejar a sus hijos o algún compromiso recuerda que le caímos de sorpresa.

Yo solo quiero estar donde tu estes princesa, ahorita mismo hago una llamada y listo tú no te preocupes.

Pues no se diga más, haz tu llamada y vamonos al hotel.

Cuando Bob se levanta a hacer su llamada Marissa abraza a su padre y le dice, Gracias papi no sabes lo feliz que estoy al lado de los dos hombres que más amo.

Cuando llegan al hotel Marissa les dice a Bob y Jhon que ira a tomar un baño pues se siente muy acalorada.

No te preocupes hija, tomate tú tiempo yo me quedo aquí con Bob en el bar, tenemos mucho que platicar aun.

Bueno de cualquier modo yo no tardo, chao

Marissa se va y Jhon aprovecha para decirle a Bob.

necesito hablar contigo de algo muy importante.

Claro lo escucho ¿dígame en que le puedo servir?

Iré al grano Bob, ¿cuanto quieres por dejar todo aquí unos meses e irte a vivir con mi hija a Miami?

¿Como? No le entiendo sr. Dowson ¿que me quiere usted decir? pero antemano le digo, puedo no ser ricachon como las personas con las que usted trata, pero yo estoy con su hija porque la amo yo no necesito ni quiero nada material eso quiero que le quede bien claro.

Lo se Bob y te pido una disculpa, pero estoy nervioso no quiero que marissa llegue antes de que yo te pueda decir lo que pasa, estoy desesperado porque no hay mucho tiempo.

por favor explíquese creo que esto es serio ¿verdad?

Así es Bob, mira, John le explica a Bob todo lo que ha pasado con Marissa la reacción de Kery su esposa y lo desesperado, solo y triste que se siente.

Por eso te propongo no me importa lo que me cueste que te vengas a vivir al lado de mi hija que la hagas la mujer más feliz del mundo lo que le resta de vida, serian solo unos meses, pero yo no quiero que ella jamás se entere de su enfermedad ni de lo que hoy estamos hablando.

Bob con los ojos llenos de lágrimas por lo que escucho le dice a John.

Yo, Amo a mi princesa con el corazón, y si yo la puedo hacer feliz cuente con eso, pero mi amor no esta en venta sr. discúlpeme si sueno grosero pero yo no necesito su dinero, si con eso pudiera comprar vida para mi princesa lo aceptaría, de otro modo no quiero nada, no sabe el gran dolor que estoy sintiendo .

Te entiendo Bob, pero no seas necio, me gusta como eres, pero entiende tendrás que poner personal que cuide a tus hijos las 24 horas, necesitas estar viajando para verlos, por favor solo permíteme darte los medios para que puedas estar al lado de mi hija, te lo suplico si es necesario, ya no tenemos tiempo a mi hija, se le esta acabando la vida.

Créame que solo por ella acepto, porque entiendo todo muy bien, pero no quiero que usted ni nadie piense que me vendí, esto lo hago únicamente por amor, aunque ahorita siento que me esta partiendo el alma.

No te preocupes Bob yo te entiendo muy bien y quiero que sepas que desde hoy puedes contar conmigo como un amigo y gracias eres un buen hombre porfavor sécate esas lágrimas que mi hija entrará en cualquier momento y no quiero que se de cuenta.

Marissa llega en ese momento y le da gusto verlos platicando como dos grandes amigos.

Espero no interrumpir, por lo que veo están muy entretenidos con su charla.

Así es amor, le estaba contando a tu padre lo mucho que te amo y justo antes de que ustedes me dieran esta agradable sorpresa de verlos aquí, yo también ya estaba planeando ir a visitarte y pedirte que vivamos juntos por siempre ¿que te parece princesa?

Wow me encanta tu idea Bob, por mi no hay ningún inconveniente.

Ni por mi hija, tú sabes que lo que tú desees está bien para mi yo te apoyo y quiero que sepas que desde hoy decidan lo que decidan cuentan con mi bendición y mi apoyo incondicional.

Gracias papi te amo, pero no estamos pensando en los hijos de Bob.

No te preocupes princesa eso ya esta solucionado ¿verdad John? le dice Bob a su suegro cerrando el ojo en señal de complicidad.

Desde luego que ya esta solucionado mi estimado Bob así que ahora si a celebrar asi que digamos ¡salud!

Solo me tomara unos días arreglar todos los

pendientes y estaré a tu lado para siempre princesa.

John le dice, te podemos esperar y te vas con nosotros en el avión Bob, tú no te preocupes yo te ayudo a arreglar tus pendientes.

Ok suegro ¡jajaja!

Marissa abraza a Bob con todo su amor, estoy feliz los amo.

Días más tarde, después de haber recorrido los lugares más importantes de Monterrey y ayudar a Bob a arreglar sus asuntos, Marissa y su padre salen con Bob de regreso a casa.

Cuando llegan Molly ya los esta esperando en el aeropuerto:

Hola Bob bienvenido:

Gracias mi ángel eres muy chula Molly sinceramente te lo digo gracias por cuidar a mi princesa.

No tienes nada que agradecer ella es, mi hermana y tú también seras como un hermano para mi, Marissa luces radiante y feliz.

Así me siento molly, aunque algo agotada no se porque, pero vamonos ya me muero de ganas de ver a martha y que me diga si mi mami ya llamo, pase los días más bellos ya te contare a detalle.
¡Si! me muero por escucharte palabra por palabra, desde que llegaron ¿como te recibió? Quiero que me

lo cuentes todo ¡jajaja!

Que curiosa Molly ¡jajaja! pero ¿sabes?estoy feliz.

Desde ese día Bob se dedico a tener detalles hermosos con Marissa, trabajaban juntos, Bob aprendio rápido el manejo de la oficina y le quito muchas cargas de encima a su amada.

Molly tenía otras tantas responsabilidades, así que marissa tiene un trabajo más relajado, su padre la visita todos los días y le da todo el apoyo a Bob.

Marissa cada día luce más desmejorada, pero esta en la creencia de que es por la anemia como Greg se lo ha hecho creer.

En una tarde como cualquier otra Marissa y Bob caminan descalzos por la playa como suelen hacerlo algunas veces.

Corretean un rato, cuando Marissa se agota, Bob la carga en su hombro como si llevara un costal y le da nalgadas con cariño, Marissa no se queda atrás también se las regresa, se besan todo es amor y dulzura entre ellos.

Pasan un par de meses, un día John y Bob salen juntos a ver una de las obras y dejan a Marissa descansando en casa.

cuando ellos salen Marissa va al hospital a ver a Greg pues quiere saber los resultados de sus últimos análisis pues tiene la sospecha de que esta embarazada.

Cuando Marissa llega al hospital, la secretaria de Greg la pasa al consultorio.

Mientras Marissa lo espera ve sobre el escritorio su expediente y lo empieza a leer, se queda atónita al leer su verdadero malestar en ese momento entra Greg y Marissa se desvanece en ese instante.

Greg la atiende de inmediato, cuando marissa se siente mejor le dice:

Dime la verdad, la quiero escuchar de tus labios porque ya la se, solo quiero que me la confirmes.

Greg se da cuenta que Marissa leyó su expediente y no tiene más que contarle la verdad, y tu padre fue quien no quiso que te dijéramos.

Pues hazme ahora a mi un favor Greg, no le digas que yo ya se la verdad, pobre de mi padre bastantes penas tiene ya, júrame que nadie sabrá la verdad.

¡Ay! Marissa tienes el mismo corazón que tu padre, pero esta bien tienes razón, no diré nada ya bastantes problemas tiene John.

Gracias Greg lamento que no haya sido un embarazo como lo pensé.

Admiro tu entereza Marissa, de verdad cualquiera ya estaría deshecha en llanto y tú estas muy tranquila.

Más cuenta para mi el amor de mi padre por mi, porque el cuando lo supo callo su dolor ante mi e hiso todo lo posible por hacerme feliz, ahora comprendo tantas cosas Greg, que ciega estaba, por eso fuimos por Bob, por eso me visita todos los días, esta en todos mis momentos, por todo ese amor de mi padre de Molly de Bob y el tuyo, tengo que ser fuerte, son los designios de Dios y eso me asigno a mí.

Gracias por todo, creo que ya no tengo nada que hacer aquí, solo quiero pedirte algo más.

Dime.

Que cuando llegue el final no permitas que me traigan al hospital prefiero morir en casa, los hospitales son... algo fríos.

Greg con lágrimás en los ojos le promete a Marissa que no dejara que la internen cuando llegue el momento.

Marissa llega a su casa y dice a Martha que prepare todo en la playa para hacer una carne asada, que ponga vino a enfriar y una mesa muy linda, con flores, fruta todo tiene que estar perfecto.

John y Bob llegan y se sorprenden de todo lo que Marissa preparo

Amor, ¡que linda mesa! todo huele muy bien, wow vino de lo mejor, y tú estas bellisima
 ¿puedo saber que vamos a celebrar?

Claro amor, ven papi siéntate aquí, déjame sentarme en tus piernas como cuando era niña, abrazándote por el cuello, Marissa besa a su padre con todo el amor que una hija puede dar a su padre, y le pide a Bob que si puede servir el vino para hacer un brindis.

John y Bob intercambian miradas sorprendidos, pues ven que Marissa esta un poco rara pero no saben el porque.

Bueno amor, dice Bob a Marissa, brindemos, ¿porque vamos a brindar?

Marissa en tono muy dulce les dice, porque nos amamos, disfrutamos de todas las cosas hermosas de la vida, el amanecer, el sol, el mar y mil cosas más, hoy quiero celebrar porque siempre sin importar el lugar donde nos encontremos estaremos unidos en alma y corazón, yo, brindo por ustedes, los dos hombres más maravillosos sobre el planeta tierra, Los amo con todo mí ser. Gracias por estar en mi vida.

John que presiente que algo no esta bien, levanta su copa con el llanto detenido en su garganta dice Yo, Brindo por el amor, por el tiempo, por la vida porque Dios me conceda un milagro hoy, Brindo por ustedes.

Es el turno de Bob

Yo, brindo por suegro más a toda máquina que hay ¡jajaja! Y mirando a Marissa con todo su amor le dice al tiempo que la ayuda a levantarse de las piernas de John y la acerca hacia el.

Y brindo por ti Marissa de mi vida, por tí, por mí, por nuestro amor,TE AMO, le da un beso muy tierno dulce y apasionado a su bella princesa.

John esta sentado en un sillón que esta al lado de la mesa, no sabe que hacer, pero siente que algo no esta bien, Marissa esta muy pálida, y más cariñosa que de costumbre.

Marissa dice sentirse muy agotada, su voz suena muy lenta se sienta al lado de su padre e invita a Bob a que se siente en la codera del sillón, Marissa muestra a Bob el famoso álbum de fotos que sus padres presumían reunión tras reunión que había en su casa.

Mira amor, esta soy yo cuando di mis primeros pasos, esa niña llorona es Molly, estos son mis padres, esta soy yo cuando mude mi primer diente.
Así pasa un rato revisando el álbum y explicando a Bob cada foto, John ya no puede más y deja rodar sus lágrimas, sabe que Marissa se esta despidiendo la abraza y le da un beso en la cabeza, Marissa le dice cuanto lo ama.

Y le dice a Bob, Amor quisiera ir al mar, pero me siento tan agotada que siento que me pesan los brazos y las piernas.

Bob, aún no entiende que pasa, no te preocupes mi princesa tus deseos son ordenes para mi, yo te llevare en brazos hasta el mar y que mojes tus pies mi cielo. Bob toma en brazos a Marissa que lo abraza por el cuello y va caminando hacia el mar lleno de angustia voltea buscando la mirada de John que esta hecho un mar de lágrimas pues tiene a Greg al teléfono que le esta confirmando que es el principio del fin.

Bob entiende en la mirada de John lo que esta pasando, y le habla a Marissa con todo su amor.

Ya vamos a llegar princesa, ¿ves que lindos colores tiene el mar?

¿si mi cielo son muy bellos? Le responde Marissa ya casi sin voz.

Bob continua, su rostro esta bañado en lágrimas mira amor que hermoso esta el cielo, es un paisaje maravilloso tal y cual me los describías en la computadora, ¿lo recuerdas amor?

Cuando Bob termina de decir esa frase Marissa deja caer sus brazos y ya no responde más, Bob entra al mar con el cuerpo de marissa en brazos y desesperado con un grito desgarrador dice. ¡Marissssaaaaaaaaaaaaaaaaa! ¡TE AMOOO!

John se queda paralizado en el sillón cubierto de llanto sabe lo que ese grito quiere decir.

Ya entrada la noche vemos a Molly dirigirse hacia el cuarto de Marissa abre la puerta con cuidado y no puede creer lo que ve.

Marissa, ¿tú no entiendes que tienes que descansar?

Te quedaste dormida sobre la computadora.
Marissa , despierta, despierta.

Marissa se despierta y toda adormilada lee en su
monitor lo ultimo que Joe le escribió

Joe__ hey huerca ¿estas ahí?

Joe__ ¿ya te dormiste?

Joe__no te vayas así huerca, despídete, bueno creo
que te fuiste a dormir.

Joe__ que pases buena noche huerca, nos vemos otro
día, recuerda que vas a ser mi vaquerita.

Marissa voltea y le dice a su amiga, Molly ¿te das
cuenta? todo fue un sueño, ¡jajaja! fué un sueño.

¿De que me hablas Marissa?

Olvídalo Molly, soy la mujer más feliz del mundo, ven
vamos a la playa, mira que bella esta la noche.

Marissa ¿que te pasa?

Me pasa que ya no más cargas de trabajo, que me
daré tiempo para mí, disfrutare el aroma de las flores,
los colores del cielo y el mar, la compañia de mis
padres de un amor en pocas palabras Molly.

VIVIRE MI HOY COMO SI FUESE MI ULTIMO DIA.
 Voltea al cielo diciendo:

Señor Amor, no importa si estas en mi computador en la tierra o en otra galaxia yo siempre estaré aquí

¡¡ESPERANDOTE!!

FIN

www.ingramcontent.com/pod-product-compliance
Lightning Source LLC
Chambersburg PA
CBHW030329030726
47499CB00003B/702